La Petite Voix

Joss Sheldon

Traduit par Laura Dinraths

'La Petite Voix'
Joss Sheldon

POUR VOUS

«Vous éduquer est la chose la plus rebelle que vous puissiez faire.

Oubliez ce qu'on vous a dit à l'école. Éduquez-vous!

Je ne vous ai pas dit de jouer le jeu. Éduquez-vous!

Éduquez-vous! Éduquez-vous!

Brisez les chaînes de leur asservissement. Éduquez-vous!

Même si vous êtes à la rue. Éduquez-vous!

Quelle arme représente votre cerveau! Éduquez-vous!

Éduquez-vous! Éduquez-vous!»

AKALA

(Extrait de l'album 'Knowledge Is Power'

UN

Je célébrais mon sixième anniversaire quand la petite voix me parla pour la première fois.

J'aimerais que vous compreniez, cher lecteur, que ce n'était pas une petite voix abstraite. Oh que non! Elle appartenait à la petite créature qui vivait dans mon cerveau. Mais avant ce jour, cette petite créature n'avait pas pipé mot.

Cette créature n'était pas humaine. Loin de là! Cela dit, ses yeux étaient identiques aux miens.

Pour tout vous dire, je dois avouer ne pas être tout à fait sûr de ce qu'elle était. C'est juste que je l'ai toujours surnommée « L'Egot ».

La peau de l'egot était aussi rouge que le feu de l'enfer, ses cheveux aussi lumineux que le soleil de midi et son ventre aussi rond qu'une perle. Il avait des pieds palmés, des oreilles d'elfe et des griffes souples. Je le supposais mâle, mais il aurait pu être femelle; c'était impossible à dire.

Pourtant, malgré son apparence étrange, je me sentais à l'aise dès que je voyais l'egot. Il possédait un genre de magnétisme puissant qui me mettait toujours à mon aise. Souvent, il soulevait sa casquette, pliait un de ses genoux piquants et me lançait un clin d'œil pétillant. Le simple fait de voir l'egot me faisait chaud au cœur.

L'egot était familier. Il faisait partie du paysage de mon esprit. Mon compagnon. Mon ami.

Mais il n'avait encore jamais prononcé un mot. Jusqu'au jour de mes six ans.

J'étais à l'école quand c'est arrivé, installé au groupe de pupitres que je partageais avec cinq autres élèves. Le sol lustré reflétait la lumière blanche. L'effluve des copeaux de crayons flottait dans l'air.

Notre maîtresse, Mme Brown, se tenait debout à l'avant de l'espace préfabriqué. Elle faisait grincer un tout petit morceau de craie sur un tableau noir insensible.

— Dès que ces explorateurs courageux ont débarqué sur cette terre éloignée, ils ont été attaqués par une bande de sauvages barbares, déclara-t-elle à la classe dans un nuage de poussière de craie.

— Ooh! Ooh! s'écria 'Morve' McGill.

J'aimais bien Morve McGill. Je m'entendais bien avec tous les enfants de ma classe. À l'époque, je pense que tacitement, nous supposions tous que nous étions égaux. Que nous étions tous dans le même bateau. Nous ne pensions pas vraiment à nos genres, races et milieux différents. Nous coexistions simplement, comme si nous faisions partie d'une même grande famille.

Je pense que Morve McGill s'appelait en réalité Sarah, mais nous l'appelions 'Morve' parce qu'elle était toujours enrhumée. Une heure s'écoulait rarement sans qu'elle éternue, se mette un doigt dans le nez ou essuie une crotte de nez sur sa manche encroûtée de morve. Mais elle avait une couleur si charmante! Le teint rosé qui accompagnait la grippe semblait l'auréoler comme une aura. Il lui allait bien. Elle semblait toujours si incroyablement débordante de vie.

Quoi qu'il en soit, comme je le disais, Morve McGill agitait sa main au-dessus de sa tête.

— Madame! Madame! s'écria-t-elle. C'est quoi, un sauvage?

Mme Browne se retourna pour nous faire face. Elle avait l'air crayeuse. Tout ce qui l'entourait avait l'air crayeux. Le sol était recouvert de poussière de craie et les plinthes étaient couvertes de cendres de craie. Des résidus de craie brillaient dans les cheveux touffus de Mme Browne. Ils enrobaient le bout de ses doigts.

— Et bien, dit-elle. Un sauvage possède le corps d'un homme, mais pas sa civilité. Un sauvage est comme un animal. Il ne porte pas de vêtements, ne vit pas dans une maison, n'étudie pas et ne travaille pas. Il satisfait ses besoins les plus primaires; manger, boire et se reproduire. Mais il n'a pas d'intellect. Il n'a aucune ambition. Il sent mauvais, est poilu et rustre. Il fait le strict nécessaire pour survivre. Et il passe la plupart de son temps à dormir ou à jouer.

Morve McGill parut horrifiée. Pareil pour Stacey Fairclough, 'Marmotte' Sampson et Gavin Gillis. Le gros Smith sembla sur le point de vouloir se battre. La plupart des élèves de la classe semblèrent abasourdis. Mais moi, je me sentis inspiré.

Ils ne doivent pas aller à l'école! pensai-je, empli d'envie et de fascination. *Ils passent tout leur temps à jouer! Ils peuvent dormir autant qu'ils veulent!*

C'était comme si j'étais tombé sur une espèce de super-humains. À mes yeux, les sauvages ressemblaient à des dieux. Je sus immédiatement que je voulais être l'un d'entre eux. Je n'avais jamais été aussi sûr de quoi que ce soit dans ma vie.

L'egot sourit malicieusement. Il roula une vibrisse entre ses griffes squelettiques et tapa un de ses pieds palmés.

Mme Browne continua:

— Et donc, quand les explorateurs mirent pied à terre, une bande de sauvages se jeta sur eux; se balançant d'arbre en arbre comme des singes, se martelant la poitrine comme des gorilles et hurlant comme des ânes. Ils volèrent comme une nuée d'oiseaux et chargèrent dans un nuage de poussière comme un troupeau de gnous enragés.

C'est à ce moment-là que l'egot parla pour la première fois.

Il s'appuya contre l'intérieur de mon crâne, juste derrière mon nez, et croisa ses jambes grêles. Puis il se mit à parler:

« Tu sais, si tu veux être un sauvage, tu devrais probablement agir comme un sauvage. Tu devrais sans doute charger comme un gnou. Ou te marteler la poitrine comme un gorille. Ou peut-être préfèrerais-tu hurler comme un âne? Oui, oui. »

La voix de l'egot était si… si… si… Elle dépassait de loin toute description. Si subtile. Si calme. Si originale. Si excentrique. Et si discrète!

L'egot accentuait des lettres au hasard, comme s'il était choqué de découvrir leur existence. Il buvait avidement ses mots, comme un français tournant dans sa tête un verre de vin confus. Et il étirait des syllabes au hasard, comme s'il était triste de les voir partir.

La voix de l'egot avait une certaine mélodie. Il faisait plus rimer que parler, comme un acteur shakespearien lors d'une fraîche nuit d'automne.

Mais l'egot était discret. Sa voix était si petite. Une petite voix dans ma tête.

Cette petite voix me frappa de stupeur.

L'egot tritura sa lèvre, comme un philosophe pensif, attendant ma réponse. Mais j'étais dans un état de choc paralytique. Je n'aurais pu répondre même si je le voulais. Alors, l'egot croisa les bras en feignant d'être offensé, avant de continuer:

« Je ne fais que te dire ce que tu veux entendre », ronronna-t-il.

Il roula tellement le mot 'entendre' que le 'ten' résonna cinq fois; *'Enten-ten-ten-ten-ten-ten-dre'.*

« Tu ne veux pas vraiment succomber à la civilité. Non, non. Tu veux être un sauvage. Je pense que tu veux sauter de table en table, comme un singe se balançant d'arbre en arbre. Si tu pensais pouvoir t'en tirer indemne, ni vu ni connu, que personne ne te jugerait, tu n'y réfléchirais pas à deux fois. »

Ce fut comme un éclair de lucidité. De lucidité pure et dure. Silencieuse. Hors du temps et de l'espace.

Permettez-moi de vous expliquer…

Je suis un grand fan du père fondateur du taoïsme, le sage chinois Lao-Tseu. C'était un vieillard ratatiné. Ses cheveux étaient aussi blancs que la neige vierge et ses yeux plus profonds que tout océan sur terre.

Et un jour, Lao-Tseu a dit, *'La sagesse, c'est de connaître les autres. L'illumination, c'est de se connaître soi-même'.*

Cher lecteur, c'était exactement ce que j'éprouvais! À cet instant, j'eus l'impression de me '*connaître*' moi-même. À cet instant, je me sentis '*illuminé*'.

Tout était clair. Il était clair que j'avais passé ma vie en cage. Il était clair que la liberté était à ma portée. Ce qu'il me restait à faire était clair comme de l'eau de roche. L'egot était ma clarté. Tout était clair.

Je me souviens d'un sentiment surnaturel, comme si j'avais quitté le royaume physique. Mes jambes soulevèrent mon torse, mon corps se redressa et mon esprit s'immobilisa. Mon corps échappa à mon contrôle.

Je l'observai se désenchaîner. L'observai bondir sur notre pupitre partagé. L'observai se marteler la poitrine comme un gorille valeureux. Et l'observai bomber le torse comme un superhéros de cape et d'épée.

Le son faible de la Neuvième Symphonie de Beethoven se mit à emplir mes oreilles. De délicates cordes de violon fournirent une toile de fond mélodieuse au ballet qui se déployait sur scène.

Mon corps effectua une pirouette.

Du papier blanc s'éleva sous mes pieds et virevolta autour de mes tibias, comme l'écume sur une mer agitée.

J'éprouvai un déferlement de félicité universelle.

Une jambe se souleva devant mon corps, formant une flèche perçante pointée vers le pupitre adjacent. Je maintins cette position, parfaitement immobile, tout en levant le menton avec une grâce quelque peu prétentieuse. Puis je sautai comme un cerf au printemps, au ralenti, une jambe pointée vers l'avant et l'autre rejetée vers l'arrière.

La Neuvième Symphonie de Beethoven semblait glorieuse tandis qu'elle montait crescendo. Des altos se joignirent aux violons et des violoncelles se joignirent aux altos. Les contrebasses se mirent à fredonner et les flûtes à siffler.

J'atterris les pieds joints; un ange du ciel, un démon de la mer.

Mon esprit flotta au-dessus d'un océan infini.

Mes jambes traversèrent l'air infini d'un saut. Elles bondirent de table en table à une vitesse en constante accélération; gagnant en élan et en hauteur. Je pus voir mon âme de singe. Je pus entendre les appels de singe émanant de ma bouche ouverte.

J'entendis la Neuvième Symphonie de Beethoven atteindre son apogée, tandis que les cuivres entonnaient leur cri de guerre. Les flutes firent corps avec les clarinettes. Les bassons retentirent. Les trompettes et cors glapirent de ravissement incontrôlé.

Je hurlai comme un âne atteignant l'orgasme.

Mes poumons se remplirent de pur esprit.

J'atterris à quatre pattes, l'air d'un bison. Mes épaules étaient bombées sur mon dos et mes tempes érigées comme des cornes.

Je sautai comme une grenouille géante. Et je chargeai entre les pupitres comme un troupeau de gnous enragés; laissant dans mon sillage chaises retournées, élèves de guingois et débris variés.

La Neuvième Symphonie exigeait la rédemption, la gloire et la libération. C'était un appel enflammé. C'était un cri empli de furie.

— Yew! Yew! Yew! hurla Mme Brown. Yew! Yew! Yew!

Mme Browne criait depuis l'instant où je m'étais levé. Mais j'étais dans une autre dimension. Je n'avais rien entendu.

La voix de ma maîtresse transperça ma quintessence, creva mon euphorie et m'écrasa parmi les éclats de ma fierté brisée. À ma gauche; une petite calculatrice saignait de l'encre noir, une table bancale se balançait d'avant en arrière comme un drogué à jeun et une plante en pot déversait des miettes de terre sur le sol en vinyle. À ma droite; Aisha Ali pleurait dans son col, Tina Thompson se frottait le tibia et le gros Smith se tenait le ventre.

— Yew! Yew! Yew! s'écria Mme Browne.

(Je m'appelle Yew, soit dit en passant. Je pense avoir oublié de le mentionner.)

— Yew! Où diable penses-tu te trouver? Qu'est-ce qui t'a pris? Je…

je… je…

Mme Browne s'étouffa sur ses mots, posa une main sur sa gorge, toussa de la poussière de craie, puis avala un gros morceau pâteux d'air stagnant.

Elle secoua la tête.

— Tu es un si bon garçon, d'habitude!

Elle soupira.

— Je n'ai jamais rien vu de pareil! Qu'est-ce qui t'a pris? Regarde la classe! Regarde ce que tu as fait! Je… je… je n'arrive pas à en croire mes yeux! Oh là là!

Je regardai autour de moi.

Les décombres de ma libération assaillirent mes yeux écorchés. La honte de mon émancipation parcourut mes veines poussiéreuses. Et mon corps glorieux devint un vase tiède pour les larmes du désert.

— Je ne suis pas en colère, soupira Mme Browne. Je suis simplement déçue.

J'en fus blessé. Très blessé.

J'aimais bien Mme Browne. C'était une personne si douce. Elle était si chaleureuse. Et sa déception me transperça.

Sa déception semblait pesante; alourdie par le fardeau de l'attente et par la gravité de ma situation. Et sa déception semblait écrasante. Elle m'immobilisa au sol.

Mon monde se renversa. L'ignorance remplaça l'illumination. L'obscurité remplaça la lumière. La densité remplaça la légèreté.

Mon euphorie fut évincée par une sorte d'anxiété mortelle, qui me secoua d'un côté à l'autre et me fit trembler jusqu'au cœur. La Neuvième Symphonie de Beethoven fut étouffée par le battement incessant de mon cœur. Je fus aspiré dans le trou noir présent au centre de mon être; paralysé par la déception de ma maîtresse et figé par mon propre sentiment de peur. Je me sentis piégé, insignifiant et bas.

— Déçue, répéta Mme Browne. Yew! Tu n'es pas censé te comporter ainsi. Ce n'est pas ce que la société attend de toi!

Mme Browne secoua la tête, envoyant un nuage de poussière de craie voler dans l'air. Il brilla dans la lumière blanche. Il scintilla.

Mme Browne fit tss-tss.

Puis elle m'envoya voir le directeur.

DEUX

Je n'ai jamais aimé le bureau du directeur. Il semblait posséder une sorte de neutralité presque violente. J'étais certain que ses murs couleur coquille d'œuf et ses fauteuils sans prétention tentaient de m'assaillir avec leur fadeur.

Pour moi, cher lecteur, cet endroit était le purgatoire incarné; ni bon ni mal, mais une passerelle vers de plus grandes récompenses ou d'encore plus grands châtiments.

Comme dans toutes sortes de purgatoires, réels ou imaginés, c'était l'attente qui vous tapait sur les nerfs. Je dus rester assis pendant plus d'une heure; à me tourner les pouces et à feuilleter une édition sur papier glacé de la Bible de l'association internationale des Gédéons. M. Grunt, notre directeur, aurait pu me voir directement, mais il choisit de n'en rien faire.

— Tu peux entrer, Yew, finit-il par m'encourager. Inutile de te laisser attendre toute la journée. Parle, mon garçon! Dis-moi ce que tu viens faire ici. Tu ne vois pas que je suis occupé?

M. Grunt me regarda dans les yeux.

L'egot leva les yeux au ciel.

Je me propulsai debout. Mes dents claquèrent si fort que je dus ouvrir ma mâchoire de force avant de pouvoir parler:

— Madame Browne m'a envoyée, monsieur, dis-je dans un murmure étouffé.

— Évidemment, évidemment. Et pourquoi Madame Browne t'a-t-elle envoyée ici, puis-je savoir?

— Parce que je me suis comporté comme un sauvage, monsieur. J'ai sauté de table en table comme un singe. Et j'ai chargé la classe comme un gnou enragé.

— Yew! Yewy Shodkin! s'exclama M. Grunt, l'air plus surpris que fâché. Pourquoi diable ferais-tu une chose pareille? Oh là là! Ce n'est pas ainsi que nous nous comportons! Qu'est-ce qui t'a pris? Tu es un si bon garçon, d'habitude.

Je baissai les yeux vers mes orteils.

— La créature qui vit dans mon cerveau m'a suggéré de le faire, déclarai-je avec hésitation. Elle était très convaincante.

L'egot hocha sagement la tête et toucha son menton du pouce. Il semblait être en train d'étudier la situation; rassemblant des preuves à utiliser plus tard. Mais il ne prononça pas un mot.

M. Grunt eut l'air abasourdi. Il plissa tant ses yeux que ses sourcils broussailleux fusionnèrent. Ils ressemblaient à un buisson hérissé.

M. Grunt sembla ne pas savoir quoi dire. Il se contenta de tambouriner un doigt sur son bureau. Puis il regarda par une fenêtre en plastique quelconque.

— Tu crois qu'une petite créature vit dans ton cerveau? finit-il par demander. Et que cette créature te dit quoi faire?

— Non, monsieur, répliquai-je. D'habitude, elle ne me dit pas quoi faire. Elle ne m'a jamais parlé avant.

— Mais tu crois vraiment qu'il y a une créature qui vit dans ta tête?

— Oui, bien sûr. Elle a toujours vécu là.

— Et cette créature t'a dit de te comporter comme un sauvage?

— Euh, non, elle ne m'a pas vraiment 'dit' ça, monsieur. Elle m'a plutôt suggéré l'idée. Elle m'a convaincu que c'était ce que *je* voulais vraiment faire.

Les yeux de M. Grunt devinrent des orbes translucides de sentiments partagés. Remplis de fascination, de confusion et d'horreur; de considération, de réflexion et de désarroi.

Il baissa les yeux vers son bureau pour éviter mon regard. Et puis il écrivit quelque chose d'illisible sur un bloc de papier recyclé uni.

Le côté gauche de son corps tressauta.

Un poil tomba de son nez.

— Oui, heu, bon, dit-il.

Je hochai la tête.

L'egot hocha la tête.

Une bestiole hocha la tête.

— Et bien, je pense qu'on doit te trouver de l'aide, mon cher garçon. Ne t'inquiète de rien. On va bien s'occuper de toi! On est du *même* côté!

TROIS

Ma mère me donna un bisou sur la joue lorsqu'elle me déposa à l'école. Elle me donnait toujours un bisou sur la joue lorsqu'elle me déposait à l'école. Elle me serrait toujours dans ses bras, et me disait toujours:

— Sois un bon garçon, mon ange. Ne fais rien que je ne ferais pas!

Je la regardai. Je regardai les épaulettes qui remontaient son cardigan, les taches de vieillesse qui avaient assiégé ses mains, et ses yeux qui étaient toujours si sacrément sincères. Si honnêtes. Si complètement aimants.

Je lui souris. Et je me rendis jusqu'à la salle des infirmières, où j'attendis dans un état de silence craintif.

L'odeur des antiseptiques me brûlait les narines et faisait picoter ma tête. C'était le truc avec la salle des infirmières; vous vous y rendiez pour vous sentir mieux, mais elle vous faisait souvent vous sentir pire. Elle était stérile. Elle scintillait trop. Elle était juste un peu trop propre pour être confortable.

Le Dr Saeed entra et s'assit dans un fauteuil osseux avant de commencer:

— Nous allons jouer à un jeu, dit-elle. Il s'appelle 'Association de mots'. Je vais dire un mot, et j'aimerais que tu répondes par le premier mot qui te vient en tête. Tu comprends?

Je hochai la tête.

— OK, essayons voir...

Le Dr Saeed ne ressemblait pas à un vrai docteur. Elle ne possédait pas ce mélange sourd de pouvoir et de compassion qui s'accroche comme une odeur de renfermé à la plupart des toubibs. Et elle ne portait pas de stéthoscope ou de cape. Elle ne menait même pas de vrais tests. Elle ne faisait que parler et jouer à des jeux. Mais ça ne me dérangeait pas. Jouer à ces jeux me permettait de rater mon cours de math!

— Crème, dit-elle avec le regard sérieux d'un professeur perspicace.

— Glacée, répliquai-je.

— Monstres-

— Effrayants

— Réel-

— Moi

— Imaginaire-

— Dessins animés

— Lion-

— Rugissement!!!

— Sauvage-

— Libre

— Pomme-

— Orange

— Fait-

— Leçons

— Fiction-

— Dessins animés

— Petites créatures-

— Dessins animés!

Tandis que nous jouions, le Dr Saeed remplissait un formulaire; cochant des cases et griffonnant des notes au petit bonheur la chance.

Elle s'interrompit. Puis elle leva les yeux vers moi pour un moment des plus brefs. Son visage parut complètement sincère. Sérieux. Inexpressif.

Puis il s'adoucit. Le Dr Saeed sembla être sur le point de sourire. Mais elle résista à l'envie et conserva son air neutre.

— OK, dit-elle. Je vais te montrer quelques images. Je veux que tu me dises ce que tu vois.

Je hochai la tête.

L'egot fronça les sourcils. Son front rouge devint mauve foncé et rose pâle. Il semblait être dans un état de contemplation profonde; jugeant le Dr Saeed. Mais il ne prononça pas un mot. Il se contenta d'arpenter les allées du cortex moteur de mon cerveau; hochant la tête et se frottant les vibrisses.

Le Dr Saeed plaça une pile de cartes format A4 sur ses genoux avant de retourner la première contre sa poitrine. Elle représentait un chat et un chien qui poursuivaient tous deux le même ballon.

Je regardai à nouveau le Dr Saeed.

— Qu'est-ce que tu vois? m'encouragea-t-elle.

— Un dessin, répliquai-je.

— Oui. Continue...

— Je vois un dessin.

— Qu'est-ce qui est dessiné?

— Un chat et un chien.

— Et qu'est-ce qu'ils sont en train de faire?

— Ils courent après un ballon.

— Et qu'est-ce que ça te fait ressentir?

— Hein?

— Quelles émotions ressens-tu en regardant ce dessin?

— Je ne ressens rien.

— Rien du tout?

— Non. C'est stupide. Les chats ne courent pas après les ballons.

Le Dr Saeed hocha la tête. Elle retourna ses cartes, qui représentaient toutes des scènes au hasard. Et elle continua à poser des questions au hasard.

Puis elle en vint à une image d'un jeune garçon. Un petit ange se tenait sur une de ses épaules et un petit démon se tenait sur l'autre.

Je regardai de nouveau le Dr Saeed.

— Qu'est-ce que tu vois? m'encouragea-t-elle.

— Un garçon avec un ange et un démon sur les épaules.

— Et qu'est-ce que ça signifie?

— Signifie?

— Quel est le message?

— C'est une image.

— Mais qu'est-ce que l'image essaye de dire?

Je gloussai. C'était l'un de ces gloussements inopportuns qui s'échappe parfois sans que vous le vouliez. C'était un gloussement de fille; à la fois perçant et maniéré. C'était embarrassant. Je le ravalai aussi rapidement que possible. Et puis je répondis au docteur d'une voix hautaine:

— Les images ne parlent pas, dis-je. Les images ne disent rien du tout.

L'egot sourit.

Le Dr Saeed fit la grimace.

— Pourquoi crois-tu qu'il y ait un ange sur l'épaule du garçon? demanda-t-elle.

— Peut-être qu'il s'est perdu, répliquai-je.

— Perdu?

— Oui, perdu. Les anges viennent du paradis. Et ce n'est pas le paradis – il y a un démon aussi. Il n'y a pas de démons au paradis.

L'arôme écœurant de l'eau de Javel traversa l'air désinfecté en sautillant.

— Crois-tu que l'ange soit venu parler au garçon?

— Hein?

— L'ange et le démon sont tous les deux avec le garçon. Généralement, quand les gens sont ensemble, ils finissent par parler. Crois-tu que les personnages de cette image puissent finir par se parler?

— J'sais pas.

— Tu ne sais pas?

— Ben, peut-être. Je ne le vois pas, mais je suppose que c'est possible.

Le Dr Saeed retourna ses cartes sur ses genoux.

— Est-ce que des anges ou des démons viennent parfois te parler? demanda-t-elle.

Elle inclina la tête et me regarda dans les yeux.

— Non, répliquai-je. Je n'ai jamais vu d'ange ou de démon. Pas dans la vraie vie.

Le Dr Saeed inspira profondément.

— Yew, dit-elle. La semaine dernière, tu as dit à Monsieur Grunt qu'un démon t'avait demandé de saccager ta salle de classe. Ce n'est pas vrai?

— Non, répondis-je. Je n'ai pas dit ça. Ce n'est pas ce qui s'est passé.

Je pensais sincèrement ce que je disais. À mes yeux, l'egot n'était pas un *'démon'*. C'était un ami. Et il ne m'avait pas *'demandé'* de saccager la salle de classe. Il m'avait suggéré d'agir comme un sauvage. C'est différent. Très, très différent.

— Yew?

— Oui.

— Tu me dis la vérité?

— Oui, madame.

— Donc tu n'as pas dit à ton directeur que tu avais entendu une voix dans ta tête?

— Ben si, c'est ce que je lui ai dit.

— Et cette voix appartenait à un démon?

— Non. Pas à un démon.

— D'où venait cette voix, alors?

— D'une créature.

— Quel genre de créature?

— Une créature étrange. Mais gentille.

— Et cette créature, elle t'a parlé?

— Oui.

— Et elle vit dans ta tête?

Les questions du Dr Saeed me déconcertaient. J'avais l'impression d'être interrogé, comme un accusé dans une cour d'assise. J'étais sur le banc des accusés et le Dr Saeed était mon procureur. Le nœud du pendu attendait. Une langue bien pendue pouvait faire basculer le verdict.

Je ne dis pas un mot.

Le Dr Saeed ne bougea pas d'un poil.

L'egot sautilla dans les couloirs de mon esprit, glissa le long d'un tendon et passa une griffe filiforme dans ses cheveux jaune vif. Il sembla enfin prêt à parler.

« Et bien, salut! dit-il d'une voix basse – prenant cinq bonnes secondes pour prononcer le mot 'bien' et faisant résonner le mot 'salut'. Si tu veux sortir de là, tu ferais probablement mieux de nier mon existence. Tu pourrais dire au bon docteur que tu m'as inventé. Si tu dis la vérité, ils penseront probablement que tu es fou. Et ils font des choses horribles aux gens fous. Des choses horribles, horribles. Non, je ne crois pas que tu veuilles ça. Non, non. »

J'étais censé dire la vérité. C'était ce que faisaient les bons garçons.

« Des choses horribles, horribles », répéta l'egot.

Il rebondit sur son ventre comme si c'était un ballon.

« Ils forcent les fous dans des camisoles, dans des cellules capitonnées. Ils les nourrissent avec de la bouillie. Du gruau gris et gluant. Et ils les électrocutent tous les jours. Des choses horribles, horribles. Non, tu ne voudrais pas ça. »

L'egot se renfonça dans ma matière grise, comme un chat dans un pouf poire, et retira un morceau de poulet de sa griffe.

« Je ne fais que te dire ce que tu veux entendre, dit-il sans lever les yeux. Tu peux te tirer de cette situation. Tu peux éviter toutes ces choses horribles. »

Le Dr Saeed se racla la gorge.

— Et elle vit dans ta tête? répéta-t-elle.

Je baissai les yeux vers mes pieds.

— Non, madame, répliquai-je.

— Où vit la créature, alors?

— Il n'y a pas de créature, madame.

Je fis une pause théâtrale.

— Je l'ai inventée, madame. Je suis désolé.

Mon corps ne savait pas comment réagir. Mon cœur tambourinait contre mes entrailles; *'Boum! Clac! Boum, boum, clac!'* Mon estomac vibrait. Ma poitrine tremblait.

Je me sentais barbouillé. Je me sentais malade.

— Vraiment, Yew?

— Oui, madame. Vraiment. Je ne voulais pas assumer la responsabilité de mes actes. J'ai été très, très vilain. Je me sens vraiment honteux.

Le Dr Saeed resta assise en silence; me dévisageant avec ses yeux francs et son visage impartial.

Je restai silencieux également.

Comme Lao-Tseu l'a dit; *'Le silence est la source d'une grande force'*.

Et bien, je voulais faire preuve d'une *'grande force'*.

Et, en fin de compte, ça fonctionna. Le Dr Saeed brisa le silence avant moi:

— As-tu déjà entendu des voix? me demanda-t-elle après quelques minutes. As-tu déjà entendu des voix dans ta tête?

— Jamais, mentis-je. Pas une seule fois.

QUATRE

On me força à revoir le Dr Saeed chaque semaine.

Elle me sonda doucement; m'interrogeant comme un détective loquace. Mais je ne crois pas avoir moi-même dit grand-chose. Je passais la plupart du temps à jouer avec le train électrique en bois du docteur. Il me fascinait. J'adorais ses roues tournantes et son rail imposant.

Le Dr Saeed prit beaucoup de notes. Et quand je dis beaucoup de notes, c'est <u>beaucoup</u>. Elle écrivait des tartines! Dans des carnets lignés et des bloc-notes vierges. Utilisant de l'encre criard et un crayon cendré. Ses gribouillis sans fin envahissaient d'innombrables pages. Son stylo vagabond créait un labyrinthe interminable de lignes enchevêtrées.

Puis, lorsqu'une année se fut écoulée, le Dr Saeed remballa ses notes, décampa et ne revint jamais. Après ça, je dus retourner à mon cours de math.

Je n'étais pas tout à fait sûr de savoir pourquoi le Dr Saeed avait mis les voiles. Mais je pense que l'egot aurait pu y être pour quelque chose. Il avait été mon guide. Il m'avait aidé à éviter les pièges cachés dans les questions anodines du Dr Saeed.

L'egot s'était mis à me rendre visite régulièrement. Ses conseils sages m'avaient protégé de situations précaires. Et son tempérament espiègle avait levé le rideau sur ma retenue. Je me mis à faire des choses que j'avais toujours voulu faire, au fond de moi, mais n'avais jamais eu le courage d'accomplir.

Comprenez, cher lecteur, que je ne veux parler que de petites choses. Et il a été dit que les petites choses amusent les petits esprits. Peut-être avais-je *bien* un petit esprit. Mais Lao-Tseu a dit de *'voir la grandeur dans la plus humble chose'*. Et j'imagine que c'était ce que je tentais de faire.

Un matin, par exemple, notre classe attendait de se rendre à la réunion générale. Notre instituteur de l'année, M. O'Donnell, avait quitté la salle de classe. Donc je saisis l'occasion. Oh que oui! Je persuadai toutes les filles de notre classe de se tenir les jambes écartées. Et puis je me glissai sur le dos en dessous d'elles.

Gavin Gillis se joignit à moi. On pouvait toujours se fier à Gavin pour se joindre à la fête. C'était un bon gars, ce garçon. Son espièglerie était presque égale à la mienne. Et il avait toujours les meilleurs panier-repas, qu'il partageait avec tous ses amis. Oh oui, j'aimais vraiment bien Gavin.

Quoi qu'il en soit, Gavin et moi nous glissâmes entre les jambes des filles. Nous vîmes leurs petites-culottes! Toutes leurs petites-culottes!

Celle d'Amy McLeish était rose avec des petits pois blancs. Celle de Kelly Evans datait sans doute des années dix-huit cent; un truc immense de la couleur d'un sac en papier brun. Et Chantelle Stevens portait un string moulant. Elle n'avait que sept ans; la sournoise petite coquine!

C'était une transgression; une atteinte à ces filles et une atteinte aux attentes de la société. Nous n'étions tout simplement pas censés faire ce genre de choses. Mais comme c'était bon! J'avais l'impression d'avoir satisfait un besoin irrépressible. Comme si Gavin et moi avions libéré nos bêtes intérieures; nos vrais mois sauvages.

L'egot m'avait encouragé à le faire.

« Tu aimerais voir leurs petites culottes, m'avait-il soufflé en s'appuyant contre mon tronc cérébral. Ça pourrait être ta seule chance. Tu t'en sortiras impunément. Et ça te plaira. Pense à toutes ces jolies petites culottes! »

L'egot parla si bas que je ne pus m'empêcher de lui prêter toute mon attention. Il parla avec une telle indifférence, comme s'il se souciait peu de ma présence, qu'il m'attira. La douce mélodie de sa voix me mit dans une transe grisante. Il m'envoûta. Il me jeta au sol et me propulsa entre ces cuisses intactes et sous ces aines vierges; aspirant leur féminité; batifolant dans mes singeries indociles.

Mais il serait injuste de blâmer l'egot pour mon comportement. À la vérité, j'avais vraiment désiré regarder sous les jupes de ces filles. J'éprouvais une envie insatiable de m'approcher de ce fruit défendu. L'egot m'avait aidé à surmonter mes inhibitions, mais il ne m'avait pas transformé en quelqu'un d'autre. Loin de là.

Lao-Tseu a dit, *'Lorsque vous êtes content d'être simplement vous-même, sans vous comparer ou entrer en compétition, tout le monde vous respecte'.*

Et bien, j'étais simplement *'moi-même'*. Mon vrai moi. Et je pense que mes camarades de classe me *'respectaient'* pour ça. Personne ne dénonça nos actions à M. O'Donnell. Gavin et moi nous en tirâmes malgré notre indiscrétion, tout comme l'egot l'avait prédit.

Je m'en tirai de nombreuses fois au cours des mois suivants.

Je m'en tirai après avoir copié le travail de classe de Morve McGill. Je m'en tirai après avoir mangé une barre chocolatée que j'avais volée dans le bureau de M. O'Donnell. Et je m'en tirai après avoir uriné dans une plante en pot. Deux fois! Bien que j'aie été pris sur le fait la troisième fois.

« Fais l'innocent, me conseilla l'egot, son propre visage passant d'un ton rouge honteux à un ton rose faussement pudique. Dis à Monsieur O'Donnell que tu es désolé. Tu ne pouvais plus te retenir. Tu ne le feras plus jamais. Je suis sûr qu'il sera compréhensif. Oui, oui. »

M. O'Donnell m'écouta lui répéter les paroles de l'egot. Il leva les yeux au ciel avant de continuer sa leçon.

Des sourires folâtres dansèrent sur les visages insolents de mes camarades de classe. Leurs gloussements étouffés bourdonnèrent dans mes oreilles. J'étais sûr qu'ils riaient avec moi, pas de moi. Et je m'en sentis si fier! Si rebelle! Si vachement invincible!

Je bombai le torse. J'avais l'impression d'être le roi du monde et le maître de ma classe.

Je fus à nouveau pris sur le fait la cinquième fois où j'urinai dans la plante en pot. Ma punition fut de devoir utiliser un petit pot pendant deux semaines. Ce fut assez embarrassant. Je redescendis sur terre avec une vraie secousse.

La plante mourut.

Je cessai d'uriner en public.

Et je commençai également à recevoir d'autres petites punitions.

Je dus m'asseoir les jambes croisées au sol, face à un radiateur transpirant, la fois où j'utilisai la manche de Marmotte Sampson comme mouchoir. Mon visage devint aussi rouge que la lampe d'une prostituée et mes jambes s'engourdirent complètement. Mais je fus de retour à mon pupitre en moins de trente minutes.

Je dus rester assis en silence lorsque je montrai mes fesses. Mais je continuai à murmurer à mes amis, à défendre mes idées et à me rebeller contre le système. L'egot me dit d'en faire autant. Il bomba le torse et je bombai le mien.

Et je dus lire un livre pendant que mes camarades de classe étaient dehors, suivant un cours sur les plantes, parce que j'avais pété vraiment bruyamment durant la réunion générale. C'était un pet particulièrement mouillé, à dire vrai. C'était vraiment vilain. Ça fit rire l'egot.

Mais aucune de ces punitions ne m'empêcha d'écouter l'egot.

L'egot m'encouragea à cacher la craie, dans une tentative vaine d'empêcher que le cours de math ait lieu. Il m'encouragea à remonter les horloges afin que nous puissions quitter l'école une heure plus tôt. Ça faillit fonctionner. Et il m'encouragea à couper des touffes de cheveux à Stacey Fairclough. En fait, j'avais l'impression de lui rendre service; elle était bien plus mignonne avec les cheveux courts.

Je m'en tirai avec toutes ces choses et plus. Ça me donna l'impression d'être vraiment invincible. Et ça me donna l'impression d'être vraiment génial!

CINQ

Chaque fois que j'écoutais l'egot, je me sentais un peu plus libre. Un peu plus heureux.

L'egot était ma drogue. Lorsque je suivais ses suggestions, je planais. Évidemment, me faire attraper était comme une descente; misérable, maladive et maussade. Mais ma honte me rendit équivoque, je surmontai ma culpabilité et survécus à mes punitions. J'en voulais encore plus. J'en *brûlais* d'envie.

J'étais accro.

Mais tout ça changea lorsque je fis une overdose des conseils de l'egot...

Ce qui se produisit lors d'un frais matin de printemps; un de ces matins couverts de rosée où le sol est lumineux et l'air éternellement frais. Mais j'étais coincé à l'intérieur, et la nature suffocante de l'école commençait à me taper sur le système. Je suis un oiseau, voyez-vous; je dois voler librement. J'ai besoin d'espace et de liberté. Et, à cette époque, je devais être un enfant; gambader comme un enfant, rire comme un enfant et faire des bêtises comme un enfant. Mais j'étais là, forcé à rester assis à mon pupitre; emprisonné entre quatre murs insensibles et esclave de l'autorité omnipotente de mon maître.

J'imagine qu'être piégé ainsi à l'intérieur me poussa à souffrir de ce que Richard Louv appelle 'le syndrome du déficit de nature'. C'est un trouble qui se développe quand une personne ne passe pas suffisamment de temps en plein air. Le syndrome du déficit de nature entraîne non seulement un vaste éventail de troubles du comportement, il peut également émousser les sens, augmenter le risque de maladie et mener à des troubles de l'attention. Selon le Dr Stephanie Wear, être coincé à l'intérieur peut élever le niveau d'hormones de stress, la tension et la fréquence cardiaque au repos.

Mais si vous m'aviez demandé comment je me sentais à l'époque, je n'aurais pas intellectualisé les choses de cette manière. Je n'aurais pas mentionné de Louv ou de Wear. Mon esprit ne fonctionnait pas ainsi.

Mes problèmes étaient plutôt d'ordre émotionnel. Je les *ressentais*. Je me sentais piégé par l'endoctrinement goutte-à-goutte du cursus national. J'avais l'impression d'être prisonnier dans cette salle de classe étouffante. Et j'avais le sentiment de perdre mon individualité; portant un uniforme scolaire générique et suivant un ensemble de règlements scolaires génériques.

Je ne me sentais tout simplement pas naturel. Quelque chose n'allait pas chez moi. Je voulais m'échapper, courir dans tous les sens et me vautrer dans la plaine de jeu de l'infinité. Je voulais être jeune. Je voulais faire partie de cette espèce menacée; l'enfant dans son environnement naturel.

J'inspirai, soupirai et regardai par la fenêtre.

Je vis un arc-en-ciel. À mes yeux, il ressemblait à une couronne au sommet du ciel. Il était magnifique. Vivant. Éblouissant.

Le violet était si vif! L'indigo si indulgent! Le rouge si réel!

Mes yeux poisseux se délectèrent de la vue de cet arc-en-ciel. Il me remplit d'émerveillement. Je pouvais sentir sa magie. J'étais fasciné par son mystère.

Je voulais sortir de la classe en courant et me lancer à la poursuite de cet arc-en-ciel. Je voulais déterrer les chaudrons enterrés à son pied. Je voulais virevolter dans sa vapeur colorée et batifoler dans sa brume lumineuse.

Je voulais enlever mes chaussures et sentir l'herbe entre mes orteils.

Je voulais danser sous la pluie.

Mais je ne le pouvais pas. Je devais rester à l'intérieur, piégé dans cette salle de classe sans air. Suffocant. Fébrile, tendu et agité.

Et donc, durant la septième leçon de M. O'Donnell sur le participe passé, je me mis à rire tout haut. Je ris pour le plaisir de rire. Un fou rire en suivit un autre. Des esclaffements tonitruants me renversèrent. Et des rires à gorge déployée me forcèrent à rouler sur moi-même.

Je ne faisais que suivre le conseil de l'egot:

« Laisse-toi aller », murmura-t-il tout en baissant sa casquette.

Le mot 'aller' avait résonné quatre fois; *'aller-aller-aller-aller'*.

« Libère-toi. Sois libre. Sois le garçon que tu veux être. Oui, oui! »

Et ainsi je me mis à rire. Juste comme ça. Je fis exactement ce que l'egot avait suggéré. Et c'était si juste! Si bon! Si naturel!

L'egot se mit à hurler.

Et je me mis à hurler. Je hurlai juste pour le plaisir de hurler. Je hurlai comme un loup euphorique. Je libérai un *'Aouuuuh'* sans fin, qui flotta sur les ailes du temps et s'éleva aussi haut que les cieux. Je libérai la bête qui dormait en moi. C'était primal. C'était bestial. Et c'était génial.

— *Aouuuuh! Aouuuuh! Aouuuuh!*

Je hurlai sans doute pendant trois bonnes minutes.

M. O'Donnell traversa la salle de classe à pas lents et méthodiques. Il s'immobilisa. Et puis il se tint de toute sa taille au-dessus de moi, les mains posées sur ses hanches pointues.

Son ombre m'enveloppa. Son souffle me brûla la nuque.

Il patienta, aussi immobile qu'une sentinelle, jusqu'à ce que j'eusse terminé. Et puis il retourna à l'avant de la classe, où il continua sa leçon comme si de rien n'était. Mais je voyais bien qu'il avait été ébranlé. Ses mains tremblèrent lorsqu'il écrivit. Et sa voix bégaya lorsqu'il parla:

— Quelle est la forme su-su-subjonctif d'un ve-ve-verbe? demanda-t-il.

— Vous devriez le savoir, non? répliquai-je, à la demande de l'egot. C'est vous le maître, après tout.

M. O'Donnell brisa son morceau de craie en deux.

Marmotte Sampson gloussa comme un bambin.

Et une annonce beugla du haut-parleur:

« Daisy Smith: présente-toi immédiatement à la réception, s'il te plaît. »

M. O'Donnell fit une pause. Il resta planté là, les mains sur les hanches, attendant que l'interruption se termine.

Le haut-parleur s'éteignit en crépitant.

M. O'Donnell était sur le point de continuer, mais je pris la parole avant qu'il n'en ait l'opportunité:

— J'entends ces voix à nouveau, dis-je.

Tout le monde éclata de rire.

M. O'Donnell craqua.

—Yew! s'écria-t-il. Yew Shodkin! J'en ai jusque-là de toi. C'est ton dernier avertissement! Tu es sur la corde raide, gamin. Si je t'entends prononcer encore un mot aujourd'hui, tu te retrouveras devant Monsieur Grunt. Et nous prendrons des mesures disciplinaires sérieuses, cette fois! Oh que oui!

Mais je m'en fichais. J'étais toujours sur les nerfs; empli d'une énergie en ébullition et d'envies inassouvies. Je me sentais toujours emprisonné. J'éprouvais toujours une envie irrépressible de m'affranchir.

Et, suivant la suggestion de l'egot, je ramassai une règle en bois et la claquai contre le bras du gros Smith.

« Yee-ha!! » s'exclama l'egot.

Sa voix était toujours calme, même si elle était réjouie, ce qui l'imprégna d'une sorte de subtile sévérité.

Les yeux du gros Smith s'illuminèrent.

Je donnai un coup sec sur son torse. Je poignardai son bras. Je lui coupai le souffle.

Le gros Smith attrapa sa règle.

— Touché! applaudit-il en chargeant vers moi.

Mon Dieu, j'adorais ce garçon! Le gros Smith était une véritable légende. Il possédait un air de jovialité qu'on trouve souvent chez les dodus. Un sourire n'était jamais loin de ses lèvres. Ses yeux étaient toujours enclins à un clin d'œil insolent.

Je tapai sa règle de côté et bondis sur mes pieds.

— En garde!

Le gros Smith se leva d'un bond. Il resplendissait!

Nous nous fîmes face.

Je me jetai vers l'avant, la tête baissée et la règle tendue. Le gros Smith se pencha vers l'arrière. Ses jambes courtaudes titubèrent en un millier de pas minuscules.

Il se remit. Il me fit un clin d'œil insolent. Et puis il lança l'offensive; balançant et s'agitant; balayant sa règle dans l'air nonchalant. Je déjouai et plongeai et me baissai; bondissant d'un côté à l'autre.

L'egot singea mes gestes. Il y avait un sourire joyeux sur son visage. Ses cheveux brillaient. Sa peau rouge luisait de sueur fiévreuse.

Nous sautillâmes à travers la salle.

À l'époque, sautiller était une habitude. C'était une expression de notre jeunesse; plus joyeuse que marcher, plus gracieuse que courir, plus légère que rester debout.

Nous sautillâmes en dépassant des étagères pleines, des plantes maladives et des élèves décontenancés.

Nous sautillâmes en dépassant la souris de l'école, emprisonnée dans une cage minuscule.

Nous sautillâmes devant des tables, des chaises et des armoires.

Et nous dansâmes. Des chaises crissèrent de côté tandis que nous valsions entre elles. Des filles poussèrent des cris étouffés tandis que nous échangions des coups. Des garçons nous acclamèrent tandis que ma règle piquait les côtes, les triceps et les hanches du gros Smith. Tandis qu'il ripostait par des coups à mon abdomen, mon poignet et mes reins.

Les murs répressifs fondirent comme neige au soleil. Les lettres, chiffres et mots s'évaporèrent dans les nues. Les règles, règlements et restrictions se déposèrent au sol comme de la poussière.

Je me défaisais des chaînes de mon incarcération. Je m'exprimais moi-même. Et, par-dessus tout, j'agissais comme un enfant; je jouais à des jeux, je brûlais mon trop-plein d'énergie et je m'amusais comme un fou.

L'egot s'amusait comme un fou.

M. O'Donnell hurla:

— Yew Shodkin! Cette fois-ci, ça suffit! Oh que oui!

Il traversa la salle de classe à la hâte; dépassant les chaises d'un pas lourd et percutant les enfants. Ses richelieus bruns cliquetèrent sur le linoléum cireux. Ses manches claquèrent comme des ailes d'oiseaux déments.

— Tu es dans le pétrin maintenant, gamin!

M. O'Donnell fondit sur moi, attrapa mon col et me souleva comme un aigle fauchant une souris. Le bouton de mon col m'entailla la gorge. Mes jambes balayèrent l'air.

Ce fut le début de ma descente.

Mon monde se renversa. Les étincelles de liberté qui avaient brûlé en moi furent éteintes par le souffle embué de M. O'Donnell. Mon espoir fut remplacé par la peur.

M. O'Donnell me transporta dehors.

Nous continuâmes à avancer; traversant des couloirs recouverts de plastique qui sentaient la colle blanche, contournant des angles pointus et grimpant des marches solitaires. Les pieds de l'instituteur battaient une cadence frénétique; hors tempo et sans aucun rythme.

Les murs me fixaient avec un détachement condescendant.

L'air sentait les années passées.

Mon cœur battait la chamade. Il résonnait de prémonition. Les cheveux de ma nuque étaient au garde-à-vous. Mes pieds pleuraient des larmes moites.

Nous continuâmes à avancer; sous l'éclat brillant des tubes à néon, autour des placards prétentieux et escaladant des marches dentées.

Nous continuâmes à avancer; traversant les allées de mon mécontentement, les détroits de ma perdition et les labyrinthes de ma honte.

Nous continuâmes à avancer jusqu'à atteindre le bureau de M. Grunt, où nous nous tînmes au garde-à-vous et attendîmes les ordres.

— Et alors, qu'a-t-on donc là? gronda le directeur.

— Ce gamin a dépassé les bornes, répliqua M. O'Donnell. Il est allé trop loin! Il passe son temps à courir dans tous les sens, à se battre, à tenir tête et à hurler au loup. Il est temps pour des mesures disciplinaires sérieuses. Oh que oui!

M. Grunt dodelina de la tête.

— Des mesures disciplinaires sérieuses? répéta-t-il.

— Une discipline sérieuse, convint M. O'Donnell. Oh que oui!

M. Grunt prit le temps de réfléchir. Ses sourcils broussailleux fusionnèrent. Sa peau d'éléphant se fripa.

Les secondes qui s'écoulèrent donnèrent l'impression d'être de petits bouts d'éternité. Tout était silencieux. Même les échos étaient silencieux. Même le vent s'était tu.

Mes instituteurs se dressèrent devant moi; me suffocant de leur énergie négative et aspirant tout brin d'élan de mon être brisé. Je pus ressentir leur aura. Je pus voir le brun de leur égocentrisme, le jaune foncé de leur stress et le rouge boueux de leur colère.

Cette colère bouillonna. De la fumée s'échappa de leurs narines bondées. Et de la lave s'écoula dans leurs yeux injectés de sang.

Je me sentis si petit! J'eus l'impression d'être une souris piégée dans un coin par un chat patient. Ma peur m'étrangla. Ma culpabilité m'ébranla. Ma honte explosa. Je me sentis déshonoré, ridicule et complètement absurde.

— As-tu déjà entendu l'expression, *'Tu m'y prends une fois, tu es une fripouille, tu m'y prends deux fois, je suis une andouille'*? finit par demander M. Grunt.

Je secouai la tête. Le mouvement me barbouilla l'estomac.

M. Grunt tambourina du doigt.

— Tu nous prends pour des *'andouilles'*, dit-il en soupirant. Nous t'avons donné chance après chance et encore et encore tu essayes de nous y prendre. Nous devons faire les choses différemment. Nous devons te punir.

M. Grunt posa les yeux sur M. O'Donnell pour recevoir son approbation.

M. O'Donnell hocha sagement la tête.

Mon ventre s'emplit d'acide.

— Oui, continua M. Grunt. Punition! Des mesures disciplinaires sérieuses!

Il tapota sa lèvre usée par les intempéries.

— Nous n'aimons pas devoir punir nos élèves. Non. Ça ne nous plaît pas du tout. Mais nous *devons* le faire. Nous devons le faire pour le bien de nos élèves – pour les aider à devenir des gens bien. C'est notre devoir.

M. Grunt sembla content de lui.

— Sais-tu pourquoi les gens taillent leurs plantes? demanda-t-il.

Je haussai les épaules.

— Pour les manger? demandai-je d'un ton hésitant.

M. Grunt se mit à rire. C'était un rire chaleureux. Comme celui d'un oncle. Gai.

— Non, Yewy, ce n'est pas pour les manger. C'est parce qu'en taillant les tiges dominantes des plantes, on donne une chance aux tiges plus faibles de pousser. Avec le temps, la plante fleurira. Elle produira des fleurs plus jolies et des fruits plus gros.

Je hochai la tête.

Mais je n'étais pas sûr de savoir où M. Grunt voulait en venir. Et donc je me mis à douter de mes capacités rationnelles. Je me mis à douter de ma santé d'esprit. Je me mis à douter de tout:

'Qu'étais-je en train de faire?'

'Pourquoi diable avais-je hurlé au loup?'

'Pourquoi m'étais-je battu à l'épée avec le gros Smith?'

'Pourquoi devais-je être si différent?'

'Pourquoi ne pouvais-je pas me conformer, comme les autres enfants de ma classe?'

Mes doutes se mêlèrent à ma honte. Ils créèrent un maëlstrom d'acide dans mon estomac et un cyclone de sang dans mon cœur.

M. Grunt, d'un autre côté, souriait comme un chat de Cheshire. Le sang qui s'était vidé de mon visage semblait avoir réapparu dans le sien. Ses sourcils s'étaient enfin séparés en deux entités distinctes.

Il continua:

— Et bien, jeune Yew, ta personnalité est dominée par quelques tiges malveillantes. Des tiges de fauteur de troubles! Des tiges d'indiscipline! Des tiges de dépravation! Mais il y a *aussi* des tiges décentes en toi. Des tiges d'intelligence. Des tiges de fraternité. Des tiges d'assurance. Nous devons te discipliner.

M. Grunt s'interrompit un bref instant, ce qui permit à M. O'Donnell de répéter ses paroles:

— Nous devons te discipliner, gamin! Oh que oui!

M. Grunt se racla la gorge:

'Ahem! hem! hem!'

— Oui, c'est ça, exactement, continua-t-il. Nous devons te discipliner. Mais nous ne *voulons pas* te discipliner. Non. Nous ne sommes pas méchants. Nous ne sommes pas des mauvaises gens. Considère-nous comme des jardiniers. Nous voulons t'aider à te développer et à grandir! Mais avant que tu ne puisses éclore, nous devons tailler les vilains traits de caractère qui dominent ta personnalité. Ce qui permettra à ton bon côté de fleurir. Ça t'aidera à devenir un meilleur toi!

Les paroles du directeur semblèrent si élégantes à mon sens. Si raffinées. Si complètement cérébrales!

Mais, en y repensant à présent, je ne peux m'empêcher de penser au proverbe de Lao-Tseu; *'Les paroles vraies ne sont pas agréables; les paroles agréables ne sont pas vraies. Les bonnes paroles ne sont pas persuasives, les paroles persuasives ne sont pas bonnes'.*

Je trouvai les paroles de M. Grunt *'agréables'* et *'persuasives'*. Je les trouvai envoûtantes. Mais, accablé par la présence de ces deux hommes, je ne pus voir que les paroles de M. Grunt n'étaient ni *'vraies'* ni *'bonnes'*.

J'écarquillai grand les yeux.

Et puis ça me frappa. Ça m'avait pris ce qui semblait être un millénaire, mais ça me frappa enfin. Je réalisai enfin pourquoi je me sentais si dépravé.

C'était la faute de ce petit salaud, de l'egot!

L'egot m'avait toujours protégé quand je me retrouvais dans le pétrin. Il m'avait toujours aidé à surmonter les punitions et les mots durs qui m'étaient adressés. Il m'avait toujours donné l'impression d'être invincible.

Mais, dans le tollé tumultueux qui m'avait enveloppé, je n'avais même pas remarqué son absence. Je n'y avais même pas pensé.

M. O'Donnell se redressa de toute sa taille. M. Grunt s'assit devant moi. Et je regardai à l'intérieur de moi-même pour trouver l'egot.

Je le localisai sous peu. Il était assis, le dos tourné, à gratter ses oreilles d'elfe. Il semblait se parler à lui-même; ouvrant et fermant la bouche sans émettre un seul son. Il semblait complètement décontenancé. Brisé. Perdu.

Je tentai d'attirer son attention, mais il ne leva même pas les yeux.

Je secouai la tête. Je criai à l'egot. Je le fixai des yeux. Mais il ne bougea pas d'un poil. Il m'ignora complètement!

Il compta et recompta ses griffes.

Une larme argentée roula sur sa joue.

Un cheveu tomba de sa tête.

J'en fus scotché. Sidéré. Je me sentis totalement trahi.

Je touchai le fond pour la première fois depuis le sermon que j'avais reçu pour avoir agi comme un sauvage. Tout comme cette fois-là, j'éprouvai une sorte d'anxiété mortelle, qui me secoua d'un côté à l'autre et me fit trembler jusqu'au cœur. Je me sentis abandonné, insignifiant et bas.

Je ne parvenais tout simplement pas à comprendre ce qui s'était passé. Je ne pouvais comprendre l'information qui se révélait à moi. Je ne pouvais affronter la trahison de l'egot.

L'egot était assis là, à se balancer. Complètement déconnecté de moi et de mes besoins.

Il m'avait complètement abandonné au moment où j'avais le plus besoin de lui.

Le bout de mes doigts fourmilla et mes entrailles semblèrent totalement creuses.

— Nous devons te discipliner, Yewy, conclut M. Grunt.

— Tu as besoin de discipline, gamin, répliqua M. O'Donnell.

— Oui, heu, bon, continua M. Grunt. Viens me voir après le déjeuner pour commencer ta punition.

Je baissai la tête.

Je ne pus trouver la force de répondre.

SIX

Je changeai.

Si vous aviez posé la question à M. O'Donnell ou à M. Grunt, ils vous auraient probablement répondu que leurs mesures disciplinaires avaient encouragé ce changement. Mais ils auraient eu tort.

Comme Lao-Tseu l'a dit, *'Ou la foi est totale, ou elle n'est pas'*.

Et bien, pour moi, l'egot n'était plus digne de ma confiance. Je n'avais plus *'foi'* en lui. Il me semblait que je ne pouvais plus me fier à ses conseils.

Ainsi, j'ignorai l'egot lorsqu'il m'encouragea à me rebeller; à aller jouer avec les autres enfants au lieu de retourner voir le directeur. Je retournai voir M. Grunt dès que j'eus terminé mon déjeuner.

M. Grunt me fit asseoir à la réception de l'école. Il me demanda de copier cette ligne cinquante fois:

'Mon bon côté vaincra mon mauvais côté. Mes anges vaincront mes démons. Ma lumière éclipsera mon obscurité.'

L'egot se balança entre mes nerfs crâniens, comme un Tarzan bestial qui avait le champ libre dans la jungle de mon esprit. Il se laissa aller, traversa l'espace en volant et atterrit avec un *'pouf'*. Sa peau rouge reluisait de sueur et ses cheveux jaunes hirsutes pendaient avec une sorte de magnétisme animal.

Il me sourit. C'était un sourire si innocent. Enjôleur. Hypnotique.

L'egot leva sa casquette, plia un genou et cligna un œil étincelant. Ça me réchauffa le cœur.

L'egot était *si* séduisant. Il exerçait toujours une emprise sur mes émotions.

« Tu ne veux pas vraiment copier des lignes, dit-il de sa voix *oh-si-calme*; retournant la lettre 'l' du mot 'lignes' comme un chanteur d'opéra mélancolique. Je pense que tu aimerais refuser la requête de Monsieur Grunt. Tu ne voudrais pas avoir l'air faible. Non, non. »

Je ne prononçai pas un mot.

« Si tu succombes maintenant, tu devras endurer des mois de punitions. Il y a gros à parier que tu t'en sortirais mieux si tu ne te laissais pas marcher sur les pieds. »

La voix mélodieuse de l'egot me berça dans une transe capiteuse. Son charme toxique m'hypnotisa. J'étais sur le point de suivre son conseil.

— Euh. Le truc, c'est que... Je, euh. Je, hum, bégayai-je.

Et puis je me souvins des paroles du directeur:

'Nous ne voulons pas te discipliner. Non. Nous voulons t'aider à te développer et à grandir!'

M. Grunt me regardait dans les yeux. Il avait l'air d'un dictateur affable. Il ressemblait à un croisement entre le Père Noël et le Roi Arthur.

— Ceci t'aidera à devenir un meilleur toi, encouragea-t-il

Je hochai la tête. Ma tête était baissée et mes yeux fixés au sol.

Je ramassai mon stylo et me mis à écrire.

Je le fis pour une raison égoïste; pour éviter d'autres punitions. Et je le fis également pour une raison désintéressée; pour plaire à M. Grunt. Même s'il me blessait, il voulait quand même me rendre heureux. Ce besoin altruiste était profondément ancré en moi.

Quoi qu'il en soit, dès que M. Grunt tourna le dos, l'egot l'ouvrit à nouveau.

« Tu ne veux pas copier ces lignes, dit-il. Pas si tu es honnête envers toi-même. »

Je copiai une autre ligne.

L'egot tritura sa lèvre.

« Si tu veux *vraiment* copier ces lignes, continua-t-il, tu devrais toujours copier des lignes *différentes*. Juste pour montrer ta force de caractère. Pour te défendre de la plus petite manière possible. Tu pourrais écrire; *'Mes tiges ne seront pas taillées. Mes mains ne seront pas liées'*. Si tu le veux, bien sûr. Oui, oui. »

Je l'ignorai. J'ignorai ce petit salaud, tout comme il m'avait ignoré lorsque j'avais le plus besoin de lui.

Veuillez comprendre, cher lecteur, que je ne suis pas en train de suggérer que c'était facile. Oh que non! Au plus profond de moi, je savais que l'egot avait raison. Je ne voulais pas copier ces lignes. Je voulais m'enfuir de cet endroit. Je voulais jouer dehors avec tous mes amis.

Mais mon monde s'était effondré autour de moi. L'egot m'avait foutu dans le pétrin. Et puis il m'avait déserté! Je me voyais obligé de copier ces lignes à cause de ce charlatan! Et je n'étais pas près de l'écouter à nouveau.

Cela dit, il *restait* encore des raisons d'écouter l'egot; les hauts étaient à portée de main. L'euphorie que j'avais éprouvée la première fois que j'avais écouté l'egot était comme un nirvana tombé du ciel. C'était émancipateur. Révélateur. Félicité.

Et j'avais expérimenté ce genre de haut plusieurs fois depuis lors. Mais pas de manière aussi intense. Écouter l'egot ne m'avait jamais fait me sentir aussi bien que la toute première fois. L'euphorie n'avait jamais été aussi grisante. La libération jamais aussi profonde.

D'un autre côté, mes descentes allaient de mal en pis. Je me faisais punir plus régulièrement que jamais. Et ces punitions me faisaient me sentir mal.

Et ainsi, c'étaient ces bas, et non les hauts, qui prirent l'avant-plan de l'arène de mes pensées.

La balance avait penché.

Un drapeau blanc voletait dans une brise peu enthousiaste. Un stylo dans ma main. Et une page de papier vierge se remplissant des lignes de ma soumission.

SEPT

L'egot avait raison sur une chose. Ma décision de copier ces lignes encouragea M. Grunt à continuer l'assaut. Sa confiance s'accrut aussi rapidement que la mienne diminua. Ses punitions fusèrent de partout...

Je dus rester à l'intérieur, à copier des lignes, chaque jour après avoir terminé mon déjeuner. Et, cher lecteur, certaines de ces lignes étaient franchement assez bizarres.

En voici quelques exemples:

'Je n'interromprai pas la classe à part si je vomis, je saigne ou je suis en feu.'

'Les bons garçons ne mangent pas leurs chaussures, ne fourrent pas de paillis dans leur pantalon et ne collent pas de nourriture sur la table.'

'Les élèves ne devraient pas parler à tort et à travers. Ils devraient être éloquents et parcimonieux.'

Copier ces lignes n'était pas si terrible en soi, mais je regrettais de perdre mes pauses de midi. J'avais besoin d'air frais. J'avais besoin de socialiser. Mais j'étais coincé, seul, dans cette réception d'école sans âme; cet espace vide impassible, où l'air était toujours froid et humide et le silence toujours prétentieux.

L'egot m'encourageait toujours à passer à l'acte.

Un jour, par exemple, il me suggéra de libérer la souris de l'école:

« Elle veut être libre, tout comme toi, déclara-t-il tout en s'ébouriffant dans mon lobe pariétal. Peut-être que tu devrais la laisser courir dans le couloir. Laisse-toi aller. Flotte. Fais ce que tu veux vraiment faire. Oui, oui. »

Une autre fois, tandis que je suais des gouttes dans cet espace confiné non ventilé, l'egot suggéra que je m'enfuie et que je saute dans un lac. Et lors d'une troisième occasion, il me suggéra de lécher le mur. (Pour tout vous dire, je me demandais vraiment quel goût il pouvait avoir.)

Dès que je recevais des lignes à copier, l'egot me suggérait de ne pas me laisser marcher sur les pieds, d'agir et de me rebeller. Et à chaque fois, je l'ignorai.

Je l'ignorai quand M. Grunt me déclara que je passerais mes récrés du matin à ramasser les détritus. Cela dit, pour dire la vérité, j'appréciais assez cette 'punition'. Elle me permettait de sortir et me donnait quelque chose sur lequel me concentrer.

J'ignorai également l'egot lorsque je fus forcé de faire des tours du terrain de football au lieu de participer aux cours d'éducation physique. Et je l'ignorai lorsque je dus rater une sortie éducative. J'obtempérai à chaque punition qui m'était assignée.

Et ces punitions ne s'arrêtaient pas à l'école.

Mes parents, voyez-vous, étaient un peu carrés. Ils se souciaient plus d'être de bons parents dans le sens général du terme que d'être de bons parents pour moi en particulier. Ils voulaient paraître normaux; respectables et responsables. Mais ils n'étaient pas prêts à reconnaître mes besoins individuels.

Et donc, au vu de mon comportement, ils firent ce qu'ils pensaient que la société voudrait qu'ils fassent. Ils refusèrent de prendre ma défense. Ils ne me protégèrent pas de la colère de mes instituteurs. Pas une seule fois! Ils pactisèrent avec mes instituteurs! Ils soutinrent l'école sur chaque problème. Cher lecteur, ils se retournèrent contre moi! Ils me punirent eux-mêmes!

Dès que je rentrais à la maison, mes parents m'envoyaient dans ma chambre. Je dus y rester, tout seul, pendant des semaines d'affilée. C'était barbant; je n'avais ni TV ni radio. Je n'avais absolument rien à faire.

Je ne recevais que de la nourriture barbante à manger. Pas de crème glacée ou de chocolat pour le vieux Yew!

Mon père me donnait une fessée dès que je lui désobéissais. *Paf!*

Paf! Paf! Ses yeux rougeoyaient. Mon derrière souffrait de manière chronique.

Et ma mère me nettoyait la bouche au savon dès que je jurais.

— Tu dois être un bon garçon, disait-elle. Ne fais rien que je ne ferais pas!

Je pense que ces punitions rendaient ma mère mal à l'aise. Ses yeux sincères et aimants semblaient bouleversés dès qu'elle me punissait; comme si elle éprouvait elle-même une partie de ma douleur. Mais mon père semblait plutôt bien s'amuser. Lorsqu'il me punissait, son menton pointait toujours vers l'avant. Ses sourcils sautaient toujours de joie.

L'abandon de mes parents commença à me démanger. Il ouvrit un cratère désolé en moi. Il ressemblait à un grain de sable, lancé au hasard par un océan omnipotent. Il ressemblait à une plume dans la brise de l'aube. Je me sentais si déprimé que j'étais tenté d'écouter l'egot.

« Quitte ta chambre, suggérait-il souvent. Qu'est-ce que tes parents vont y faire? Ils ne peuvent rien y faire! Ils n'auront aucun pouvoir sur toi si tu prends toi-même le contrôle. Non, non. »

Mais je n'écoutais plus l'egot.

Les paroles de l'egot semblaient polluées. Leur attraction était puissante, leur contenu était vrai. Mais elles étaient alourdies par les images de ma chute. Dès que l'egot ouvrait la bouche, je me souvenais des punitions que j'avais encourues après avoir suivi ses conseils. Je me revoyais copier des lignes, ramasser les détritus ou puni dans ma chambre.

Ma répulsion envers ces punitions l'emporta sur mon attraction envers l'egot.

Et ainsi, je traversai ces jours sombres la tête baissée et la queue entre les jambes. Je serrai les dents. Je fis tout ce qui était attendu de moi, dès que c'était attendu, même si je ne le voulais pas. Je dis 's'il vous plaît' et 'merci'. Je ne parlais que lorsqu'on m'adressait la parole.

Mais je m'en sortis. Je survécus. Parce que, tandis que je me niais moi-même, d'autres personnes commencèrent à m'accepter. Plus mes actions me trahissaient, plus les autres se montraient chaleureux envers moi. Dans l'asile de fou magique qu'était ce monde, ma conformité était une véritable raison de célébrer. Ce qui me remonta le moral. J'aimais bien rendre les autres heureux. Je voulais les rendre heureux! Ce besoin altruiste me motiva.

Je savais que je faisais plaisir aux gens parce qu'ils me le disaient. Comme quand M. Grunt me tapota le dos après que j'eus copié des lignes pendant trois mois:

— Je savais que nous ferions de toi un citoyen respectable, chantonna-t-il avec une jubilation égocentrique. Le monde ne semble-t-il pas être meilleur à présent?

Il ne me le semblait pas vraiment, non, mais j'appréciai tout de même l'énergie positive de M. Grunt. Elle me rendit fier de moi. Mon corps s'empourpra d'une chaleur confortable et mes orteils fourmillèrent.

J'appréciai également les mots gentils de mes parents:

— Nous sommes si fiers de toi, déclarèrent-ils trois mois plus tard.

Ils m'emmenèrent jouer au bowling. Ma mère me frotta la cuisse et mon père hocha la tête. (Il n'était pas fan du contact physique.)

J'appréciai beaucoup cette sortie. Et toutes les autres récompenses que je reçus lorsque je me comportais bien; les crèmes glacées, mangues et chocolats; les chaussures de foot, jeux informatiques et films.

Lorsque je passai un mois entier sans m'attirer des ennuis, ma mère m'emmena dans un parc aquatique où il y avait des tourbillons, des toboggans et des Jacuzzis!

— Tu es un si bon garçon, dit-elle. Tu mérites de t'amuser.

Lorsque je me fis malmener dans le train mais ne ripostai pas, ma mamy m'acheta du chewing-gum.

Et lorsque je marquai un dix sur dix lors d'un test, M. O'Donnell m'offrit une étoile dorée. Une véritable étoile dorée! Comme celles que les bons garçons et les bonnes filles recevaient fréquemment!

Ce genre de traitement spécial me remonta le moral. Il m'encouragea à bien me comporter. Comprenez bien que ce n'était pas parce que je voulais bien me comporter. Oh que non! C'était uniquement parce que je désirais recevoir les récompenses. J'appréciais ces récompenses. Et j'aimais rendre les gens heureux.

À mes yeux, c'était un peu comme avoir un boulot; je faisais des choses que je ne voulais pas faire afin de recevoir les avantages que je désirais recevoir. Je suppose qu'on pourrait dire que j'étais un ouvrier, couché aux pieds des désirs de la société.

Je commençais enfin à m'intégrer...

HUIT

Je l'ignorais à l'époque, mais mes parents et instituteurs utilisaient un concept que les psychologues appellent 'conditionnement opérant'. Je doute qu'ils aient su qu'ils utilisaient ce concept. Je doute qu'ils aient su ce qu'était le conditionnement opérant. Néanmoins, ils l'utilisaient bien.

Le conditionnement opérant se base sur le concept d'Edward Thorndike appelé 'loi de l'effet', qui postule que les actions qui entraînent des conséquences agréables sont plus susceptibles d'être reproduites, alors que les actions qui entraînent des conséquences désagréables sont moins susceptibles d'être reproduites.

Ça semble relever du bon sens, non?

Et bien, le conditionnement opérant se produit lorsque quelqu'un utilise cette loi naturelle pour altérer le comportement de quelqu'un d'autre; en créant des conséquences agréables (telles que des récompenses) pour encourager des comportements désirables, ou en créant des conséquences désagréables (telles que des punitions) pour décourager des comportements indésirables.

L'un des premiers psychologues à prouver que le conditionnement opérant fonctionnait fut Burrhus Skinner. Skinner mena une expérience durant laquelle un rat était placé à l'intérieur d'une boîte. À chaque fois qu'il appuyait sur un levier, il était récompensé par une friandise, qui lui était livrée par un tube en plastique.

Au début, les rats de Skinner réagissaient de manière aléatoire. Mais, avec le temps, ils finirent tous par baisser le levier par accident, et par recevoir une friandise. Ils se rendirent vite compte qu'ils pouvaient recevoir plus de friandises en abaissant le levier plus souvent. Et donc ils abaissèrent le levier encore et encore.

Le conditionnement opérant avait converti ces rats en abaisseurs de leviers.

Cette forme de conditionnement opérant est appelée 'renforcement positif'.

Skinner adapta ensuite son expérience. Cette fois-ci, les rats furent soumis à un courant électrique qui traversait le sol.

Les rats apprirent très vite à baisser le levier afin de couper le courant.

Ensuite, Skinner introduisit une lumière, qui s'allumait juste avant le courant.

Avec le temps, les rats apprirent à baisser le levier dès que la lumière s'allumait pour éviter de se faire électrocuter. Et même en l'absence de chocs électriques, les rats continuèrent à baisser le levier dès qu'ils voyaient s'allumer la lumière.

Cette forme de conditionnement opérant est appelée 'renforcement négatif'.

Et bien, cette combinaison de punition et de récompense, d'appât et de menace, peut également être utilisée pour affecter le comportement humain. Ceci fut démontré par 'L'expérience du petit Albert'.

Lors de cette expérience, deux psychologues montrèrent à bébé Albert des masques, un singe, un lapin et un rat. J'ignore ce que les psychologues ont contre les rats. J'ai l'impression qu'ils font une fixette sur ces petites bêbêtes. Quoi qu'il en soit, le petit Albert ne fut dérangé par aucune de ces choses; il ne réagit pas du tout.

Puis les psychologues frappèrent un marteau contre une barre en acier. Le petit Albert fondit en larmes. Le bruit l'avait terrifié.

Lorsqu'Albert fut âgé de onze mois, les psychologues lui montrèrent le rat à nouveau. Ce faisant, ils frappèrent la barre d'acier.

Le petit Albert fondit en larmes, terrifié par le bruit. Et il fondit en larmes à chaque fois que ce processus était répété, une fois par semaine durant sept semaines.

Albert finit par associer le bruit terrifiant avec le rat. Et ainsi, il commença à craindre le rat lui-même. Il pleurait et tentait de s'éloigner en rampant à chaque fois qu'il le voyait, même quand la barre d'acier n'était pas frappée. Et il agissait de manière similaire dès qu'il voyait d'autres choses lui rappelant le rat; des choses comme le chien de la maison, un manteau de fourrure, de l'ouate ou une fausse barbe de Père Noël.

Et c'est exactement ce qui m'arriva!

Mes parents et mes instituteurs me punissaient dès que je me conduisais mal, ce qui m'encourageait à ne pas avoir un mauvais comportement. C'était un exemple de renforcement négatif. Et mes parents me récompensaient également lorsque j'agissais bien, ce qui m'encourageait à bien me comporter. C'était un exemple de renforcement positif.

— Sois un bon garçon, me disait toujours ma mère. Ne fais rien que je ne ferais pas!

Et je l'écoutais. Mais ça ne me plaisait pas du tout. Au fond de moi, je ne voulais pas être un *'bon garçon'*. Je voulais simplement recevoir les récompenses qui accompagnaient mon bon comportement. Et je continuais à vouloir faire les choses que ma mère *'ne ferait pas'*. Mais je ne les faisais pas parce que j'avais peur d'être puni. Oui, je me conformais. Mais, tout comme Albert et les rats, je doute avoir été un jour vraiment heureux.

Enfin, pensez-y. Skinner poussa les rats à se comporter exactement comme il le voulait; il les convertit en bons petits abaisseurs de leviers. Mais pensez-vous que ces rats étaient heureux? Vraiment heureux? Pensez-vous qu'ils aimaient être électrocutés? Allez, franchement, qui aimerait être électrocuté? Ne pensez-vous pas que ces rats auraient préféré courir librement dans les égouts, à faire des trucs de rats comme grignoter du fromage et ronger des câbles?

Et qu'en est-il du petit Albert? Pensez-vous qu'il voulait être terrifié par tout ce qui ressemblait de près ou de loin à un rat? Il agissait exactement comme les psychologues l'avaient espéré, mais je doute qu'il ait été vraiment heureux.

Et bien, c'était pareil pour moi. Je n'étais pas heureux. Comment aurais-je pu l'être? Je vivais dans un état de terreur constante.

Dès que je voulais faire quelque chose de vilain, dès que l'egot me persuadait de mal me comporter, je repensais immédiatement aux douloureuses punitions que je devrais endurer.

Mes actions étaient toutes dictées par la peur...

Lorsque je voulus ôter mes vêtements et courir partout tout nu, parce qu'il faisait tellement chaud à l'intérieur, je m'imaginai à la réception de l'école, copiant des lignes qui continuaient encore et encore et pour toujours. Au final, je me contentai de retirer mon pull, mais conservai le reste de mes vêtements.

Lorsque je voulus jeter mon dîner par terre, parce que c'était la chose la plus dégoûtante que j'aie jamais goûtée, je m'imaginai enfermé dans ma chambre, m'ennuyant comme un rat mort. Donc je mangeai le repas dégueu.

Et lorsque je voulus cacher le sac de sport de Marmotte Sampson pour pouvoir la regarder faire la gym en sous-vêtements, je ne pus m'empêcher d'imaginer mon père me fesser encore et encore. *Paf! Paf! Paf!* Cette simple pensée me fit mal au derrière. Et ainsi, au final, je laissai le matériel de Marmotte Sampson exactement où il était.

Mes actions étaient toutes dictées par la peur, tout comme celles de bébé Albert.

Parce que le petit Albert entendait un bruit terrifiant dès qu'il voyait un rat, il associa ce bruit effrayant au rat. Il devint effrayé par le rat lui-même.

De la même manière, parce que j'étais puni dès que je me

comportais mal, j'associai le mauvais comportement aux punitions. Et donc je pris peur de mal me comporter. Au fond de moi, je voulais toujours mal me comporter. L'egot continuait à m'encourager à mal me comporter. Mais ça ne rentrait pas dans l'équation.

Mon bon comportement rendait les autres heureux; je devenais la personne qu'ils voulaient que je sois. Mais je doute avoir un jour été heureux. Je doute que quiconque puisse être heureux en étant forcé à agir contre nature.

Lao-Tseu a dit, *'Lorsque je me laisse aller à être ce que je suis, je deviens ce que je pourrais être'*.

Et bien, je *'laissais'* certainement *'aller'*. Je devenais ce que je *'pourrais être'*. Mais ça me déchirait de l'intérieur. Je ne voulais pas être ce que je *'pourrais être'*. Je voulais être moi.

NEUF

Ce n'étaient pas seulement les renforcements positifs et négatifs, les punitions et les récompenses, qui me maintenaient sur le droit chemin à l'époque. J'avais une responsabilité très importante qui m'aidait également à rester sur la bonne voie. Voyez-vous, cher lecteur, j'étais également le Surveillant du Placard de la classe. Et j'étais incroyablement fier d'occuper un poste si prestigieux!

Il est bien dit que les responsabilités stimulent la confiance personnelle.

Le placard de la salle de classe faisait trois mètres de large et deux étagères de haut. Il était fait de panneaux de fibres protégés par une mince couche en plastique beige. Il possédait six portes, dix-huit charnières et cent vingt-trois vis. Oui, je les avais toutes comptées moi-même. Deux fois.

Le placard était un véritable souk lorsque j'entrai en fonction. Les stylos étaient mêlés aux crayons, les pots de peinture étaient couverts de poussière et les manuels d'exercice étaient orientés dans tous les sens.

Mais je réglai vite ce problème!

Lorsque j'eus terminé, tout était en ordre et tout était propre. Tout avait sa place. Les feutres étaient arrangés selon leur couleur. Les crayons étaient alignés du plus court au plus long. Et je collai même de petites étiquettes sur les étagères pour marquer l'endroit propre à chaque objet.

Je pense que je devais souffrir de 'Trouble obsessionnel compulsif'.

J'étais si fier de ce placard. Il me donnait quelque chose sur lequel me focaliser. Et mon travail était également apprécié:

— En voilà un bon petit lieutenant! disait souvent notre institutrice, Mlle Grey.

Elle m'ébouriffait alors les cheveux pour me montrer qu'elle était contente de moi. Et elle me souriait d'une manière à moitié fière et à moitié aguichante.

C'était quelqu'un de si adorable, cette Mlle Grey. Ses petites fossettes pulsaient quand elle était contente. Et elle portait toujours des robes légères qui éclairaient vraiment la salle de classe. Elles étaient couvertes de fleurs colorées, de jolis papillons et de motifs rétro.

M. Grunt commenta également mon travail:

— Tu es le meilleur surveillant de placard que cette école ait jamais connu, me dit-il un jour.

Je rougis de fierté. Ma peau fourmilla. Mes dents pétillèrent.

Pour la première fois de ma vie, je faisais quelque chose que j'appréciais *et* qui était apprécié. Je commençais à m'intégrer.

J'aimais cette responsabilité. Je faisais toujours l'imbécile quand je me sentais perdu, emprisonné ou faible. J'avais voulu posséder une certaine autonomie. J'avais voulu posséder un pouvoir sur mes actions. Et ce rôle me donnait une sorte de pouvoir. J'étais en mesure d'entretenir mon placard *à ma façon*, comme je le jugeais utile. Ma position me donnait cette responsabilité. Elle me donnait un intérêt dans la société. Et je trouvais ça exaltant.

Je ne laissais personne foutre la pagaille dans ce placard. Je me sentais protecteur, comme un grand frère. J'étais sur la défensive. Et j'étais fier. Oh, si fier!

Mais c'est comme Lao-Tseu l'a dit; *'Avoir de l'orgueil attire l'infortune'*.

Et c'est ce qui arriva. Mon *'orgueil'* mena de fait à mon *'infortune'*.

Tout commença quand Morve McGill rangea les ciseaux au mauvais endroit. Et bien, cher lecteur, l'egot s'en inspira!

L'egot, voyez-vous, était resté un élément permanent du paysage de mon esprit. Il s'y trouvait toujours comme chez lui; paressant sur mes nerfs costauds et se balançant entre les différents lobes de mon cerveau. Mais il ne parlait pas beaucoup. Il avait perdu de son aura. Il était devenu *persona non grata*; effacé par ma volonté de lui résister.

L'egot leva les yeux vers moi.

Ce serait faux de dire qu'il avait des yeux de chiot. L'egot était bien trop charmant pour ça. Mais il y avait une trace de désespoir dans sa manière de me regarder. Il ne pliait plus le genou comme à l'accoutumée. Il se tenait plutôt parfaitement droit. Et sa voix semblait peu enthousiaste. L'egot devait utiliser tant d'énergie pour ouvrir la bouche qu'il ne trouvait plus la force d'activer complètement ses cordes vocales.

« Yew? Yew? », murmura-t-il.

L'egot leva un doigt en l'air et attendit ma permission pour parler.

Je hochai la tête.

« Ça ne te plaît pas, pas vrai? »

Je hochai à nouveau la tête.

« Personne ne devrait foutre la pagaille dans ton système, pas vrai? »

Je secouai la tête.

« Alors tu ferais mieux de tirer les cheveux de Morve McGill. Elle devrait savoir qu'elle a mal agi. *Tu* te fais punir quand tu te comportes mal, donc *elle* devrait se faire punir aussi. C'est juste. »

Je tirai les cheveux de Morve McGill.

Je les tirai sans même y penser. Et je le regrettai immédiatement. Je le regrettai alors même que je les lui tirais!

— Aïïïïïïeeee!!! hurla Morve McGill.

Elle poussa un cri à déchirer les tympans; aussi coupant qu'un rasoir et aussi perçant qu'une maman singe. Il me trancha comme un couteau dans du beurre.

La gravité de ma situation m'accabla.

Il me fallut un moment pour apprécier ce que je venais de faire. Et puis tout devint clair. J'avais écouté l'egot! Je ne m'en étais même pas aperçu. L'egot m'avait suggéré de tirer les cheveux de Morve McGill. Et j'avais tiré ses cheveux. Tout simplement! Je n'y avais même pas réfléchi.

Je m'étais contenté d'agir; là, maintenant, sur le champ.

Et moi qui pensais avoir cloué le bec à l'egot! Quel imbécile je faisais!

Mon sang se figea et mes muscles prirent la texture de la pierre.

Ce cri déchira l'air en deux d'un coup net.

Le visage de Mlle Grey était la déception incarnée; des joues art nouveau et des yeux minimalistes. Ses fossettes, qui pulsaient quand elle était contente, se tendirent et disparurent. Les fleurs de sa robe estivale semblèrent flétrir et se faner.

— Désolé, Mademoiselle, geignis-je. Je ne voulais pas faire ça.

— Alors pourquoi l'as-tu fait? répliqua ma maîtresse.

« Raconte-lui la vérité, suggéra l'egot. Dis-lui ce qu'a fait Morve McGill. »

Il semblait bien plus à l'aise qu'auparavant. Il avait récupéré un peu de son *va va voom* d'antan. L'étincelle était revenue dans son œil.

« *La ferme!* », crachai-je à son intention dans ma tête.

— Je suis un méchant garçon, Mademoiselle, répondis-je tout haut. Un très, très mauvais garçon. Je mérite d'être puni.

Mlle Grey me dévisagea.

Elle était si sacrément belle! Un feu brûlait en elle qui faisait rougir son visage. Et elle avait une certaine douceur. En effet, je la vis fondre visiblement devant moi. Ses épaules se détendirent. Ses fossettes réapparurent.

— Tu veux vraiment être puni? demanda-t-elle.

— Oui, Mademoiselle, répliquai-je. Je veux vraiment, vraiment être puni. Je veux être puni si fort que je ne me comporterai jamais plus comme un imbécile. Je suis un mauvais, mauvais garçon. Vous devez me donner une leçon.

Je pus entendre le cœur de l'egot se briser:

'Crack!!!'

L'egot s'agrippa la poitrine et se plia en deux. Il étouffa. Ses cheveux dorés prirent un ton gris pâle.

Je sentis sa douleur. C'était comme si une part de moi souffrait également. Ma poitrine était serrée et ma gorge étranglée. Une rougeur électrique me traversa.

Mlle Grey gloussa. Ses fossettes se remirent à pulser.

— OK, dit-elle. Voici ce que je te propose; tu peux t'administrer ta propre punition. Écris 'Tireur de cheveux' sur ce morceau de carton et utilise ce bout de ficelle pour le pendre à ton cou. Tu peux porter cette pancarte en signe de remords pour le temps qu'il te semble approprié. Ça te convient, mon petit lieutenant?

Je hochai la tête.

Je pendis cette pancarte à mon cou et la portai pendant quatre semaines d'affilée. Mlle Grey finit par devoir me l'enlever. Elle déclara que je m'étais suffisamment puni.

DIX

L'egot gémissait à chaque fois que je portais la pancarte. Il agrippait ses côtes à chaque fois que j'ignorais ses conseils. Sa peau, qui était autrefois aussi rouge que le feu de l'enfer, prit une teinte terne et poussiéreuse. Sa chevelure prit une nuance de gris encore plus pâle.

Je ne veux pas dire par là que je n'écoutais plus l'egot. Comme le montre l'histoire précédente, à certaines occasions, je suivais ses conseils instinctivement. Ces occasions étaient rares. Elles n'avaient lieu que tous les quelques mois. Mais elles se produisaient bien...

J'écoutai l'egot lorsqu'il me suggéra d'écrire un mot doux à Stacey Fairclough. J'écrivis; *J'aime tes cheveux. Ils sont vraiment très beaux*. Je ne pensai pas à ce que je faisais. J'avais agi d'instinct. En premier lieu, parce que c'était quelque chose que je voulais vraiment faire. Et deuxièmement, parce que c'était vrai. Les cheveux de Stacey étaient élégants. Cette fille commençait vraiment à s'épanouir.

L'egot rayonna. Sa peau brilla pour la première fois depuis des semaines. Et quelques mèches de ses cheveux retrouvèrent leur éclat doré.

Mais quand Mlle Grey me déchût de mes responsabilités de Surveillant de Placard pour me punir d'avoir perturbé la classe, et lorsque j'acceptai la punition sans me plaindre, l'egot régressa encore plus. Il se mit à marcher le dos voûté. Et il se mit à perdre ses cheveux.

Durant une leçon particulièrement stressante, durant laquelle notre classe devait réciter les tables de multiplication tout haut, je criai « *Caca! Pipi! Vomi!* » à tue-tête. L'egot avait croisé les jambes, allumé sa pipe et suggéré que je le fasse. Et je l'avais fait. Juste comme ça, sans même y penser. Bien que j'imagine que j'aie voulu me défouler.

L'egot retrouva immédiatement un peu de sa force. Ses oreilles elfiques se redressèrent et son œil étincela pour la première fois en six mois.

Mais Mlle Grey ne réagit pas aussi positivement. Ses fossettes disparurent complètement. Sa robe légère pendit mollement de ses épaules étroites. Et elle me força à rester assis en silence pendant trois heures d'affilée. Trois heures!

Ma maman fut également choquée en apprenant ce que j'avais fait. Son visage devint également blême et creusé. L'amour se vida de ses yeux. Et elle se mit à marmonner:

— Pourquoi ne peux-tu pas être un bon garçon? Pourquoi insistes-tu pour faire des choses que je ne ferais pas? Pourquoi, oh pourquoi, oh pourquoi?

Elle m'interdit de regarder la télévision pendant une semaine. Elle jeta mon disque favori à la poubelle. Et elle annula notre excursion mensuelle au cinéma.

J'acceptai toutes ces punitions.

Et ainsi, l'egot se ratatina. Ses joues finirent par ressembler à deux raisins secs rassis. Son ventre sphérique commença à s'affaisser. Ses griffes finirent par tomber. Et son corps se mit à rapetisser.

Puis il y eut la fois où Mlle Grey aida Gavin avec son travail. Elle se pencha sur nous d'une manière telle que sa robe légère tomba sur le pupitre devant moi.

Je ne pus résister. Je ne pus m'en empêcher. Je ne pus faire autrement qu'écouter l'egot!

Suivant sa suggestion, je levai ma petite main cupide et empoignai le délicat tissu en coton. Je le caressai. Je le tins devant mes yeux et observai l'image d'un papillon Vice-roi. J'entrevis même la cuisse de Mlle Grey.

Et, je dois l'avouer, c'était plutôt épique. Mon corps entier se remplit de félicité sordide. Mon cœur martela d'allégresse incontrôlable. Et je grandis de sept bons centimètres.

L'egot acquit également de l'assurance. Il crut en taille. Et il sourit également d'allégresse incontrôlable.

Mais Mlle Grey s'était mise à hurler:

— Insurrection!   Mutinerie!   Lieutenant   Shodkin   —   tiens-toi correctement!

Son regard choqué et horrifié m'envoya m'écraser au sol avec une secousse fracassante. Voir son cou tordu et sa bouche en mouvement me fit réaliser ce que je venais de faire. Et je ne parvins pas à le croire. Je ne parvins pas à croire que j'avais écouté l'egot.

Après ça, je fus forcé de porter des mitaines de cuisine pendant deux semaines. Elles étaient chaudes et pleines de sueur, rêches et me donnaient des démangeaisons. Elles puaient de manière chronique! Mais je ne me plaignis pas une seule fois. Même si ça ne me plaisait pas, je croyais vraiment que je méritais cette punition.

Et ainsi l'egot se fit encore plus frêle. Ses dents tombèrent, sa peau devint blanche et son corps se réduisit à la moitié de sa taille initiale.

L'egot souffrait dès que j'acceptais une punition. Ce qui m'arriva beaucoup. Parce que, durant les mois qui suivirent, je fus puni dès que quelque chose n'allait pas. La moindre chose.

J'étais puni quand les résultats de ma classe étaient mauvais, même quand mes propres résultats étaient passables.

Je fus puni pour avoir inondé les toilettes. Mais je n'étais même pas responsable! Je le jure devant Dieu! Je ne sais pas qui était responsable, mais ce n'était certainement pas moi.

Et je fus puni pour avoir renversé un pot de peinture. C'était un accident. Un accident, je vous dis! Mais je fus puni néanmoins.

C'était comme si mes instituteurs avaient pris un mode par défaut; *'Quelque chose ne va pas, blâmons Yew Shodkin'.*

J'étais coupable jusqu'à preuve du contraire. Et je n'avais même pas droit à un procès équitable. Mes instituteurs étaient mon juge, mon jury et mon bourreau. Je m'agenouillais et ils me passaient au fil de l'épée.

Je l'acceptai.

L'egot se tortilla de douleur.

ONZE

L'egot devint plus petit et frêle, fragile et docile. Ses pieds perdirent leur palmage et ses oreilles elfiques ramollirent. Sa casquette s'effilocha et son charme commença à s'estomper.

Il devint si pathétique que je fus enfin capable de l'arrêter à sa source.

Ça se produisit un de ces jours déroutants où la météo hésite à aller ou à venir; échangeant des horizons opulents pour un brouillard omniprésent; alternant d'un soleil exultant à des nuages furieux.

Mme Skellet, notre institutrice de l'année, jacassait au sujet d'une guerre sanglante en Grèce durant l'Antiquité. Les plis de graisse qui encerclaient son ventre bataillaient contre le bouton de sa jupe. Et son parfum combattait une lutte perdue d'avance contre son odeur corporelle fétide. Elle sentait la soupe de châtaigne trop cuite.

J'étais distrait.

Je me foutais pas mal des histoires de batailles sanglantes ou de cheval de Troie. Donc mes yeux se mirent à errer. Je regardai chaque élève à son tour. Et je pensai à ce qu'ils préfèreraient vraiment être en train de faire.

Morve McGill était absorbée par la leçon. Ses yeux perçants étant subjugués par les lèvres spongieuses de Mme Skellet. Alors je l'imaginai comme un pirate, se balançant du haut du mât du navire, bataillant comme un des guerriers des histoires de Mme Skellet.

Stacey Fairclough tripotait une mèche de ses cheveux; lissant ses plumes comme un paon prétentieux. Alors je l'imaginai comme un top-modèle, se pavanant sur un podium tandis que des centaines d'appareils photo flashaient autour d'elle.

Le gros Smith faisait jongler ses seins pas très virils. Alors je l'imaginai comme un dresseur de lions, roulant son popotin tout en tenant un cerceau à bout de bras. Il lança un clin d'œil insolent au lion. Puis il sauta dans le cerceau.

Marmotte Sampson dormait.

Je continuai à parcourir la classe des yeux jusqu'à ce que je voie quelque chose bouger, soudainement et nerveusement, sous des étagères suspendues.

Je regardai fixement cette structure squelettique. Mes yeux étaient fixés dessus.

Mais rien ne se produisit.

Un lent tic suivit un lent toc.

Et puis, en un clin d'œil, la souris de l'école démarra au quart de tour. Elle s'était échappée!

« Hourra! applaudit l'egot tout en agrippant ses côtes endolories. Liberté! Oui, oui. »

La souris détala le long de la plinthe.

L'egot tenta de sauter de joie. Il ne trouva pas la force de prendre son envol, mais son visage s'illumina visiblement. Le semblant d'un sourire se dessina sur ses joues parcheminées. Et une triste étincelle d'espoir apparut dans ses yeux mélancoliques. Dans *mes* yeux mélancoliques.

La souris cavala vers la porte fermée.

« Laisse-la sortir! », encouragea l'egot.

Il pantela. Il eut un haut-le-cœur. Il se calma. Et puis il continua:

« Ouvre la porte! Tu veux l'aider à s'échapper! Je pense que oui! Oui, oui. »

Et vous savez quoi? Je fus sur le point de le faire! Ma poitrine bondit vers l'avant. Je sautai de ma chaise!

Mais comme Lao-Tseu l'a dit; *'La récompense du bien et la punition du mal sont comme l'ombre qui suit le corps'.*

Et bien, le *'corps'* de l'influence de l'egot, qui m'avait propulsé vers l'avant, fut suivi par *'l'ombre'* de ma retenue, qui me retint. L'action rencontra la réaction égale mais de sens opposé. Mes côtes bloquèrent le mouvement vers l'avant de mes entrailles. Mes genoux fléchirent. Et mes épaules s'affaissèrent.

Mon échine se cambra et mes pieds volèrent vers l'avant. Mon corps fut soulevé par la légèreté de l'air. Et mon derrière s'écrasa contra la dureté du sol.

Toute ma classe se moqua de moi. De moi! Je savais qu'ils ne riaient pas avec moi. J'en étais sûr.

Je me sentis si gêné! Mon visage s'empourpra complètement.

L'egot n'avait pas que le visage qui avait rougi. Il était rouge de partout! Il était englouti par une boule de feu sans fumée. Il brillait. Il hurlait. Et il s'effondra au sol de mon lobe occipital, où il reposa dans une pile de ses propres cendres.

Il leva les yeux vers moi d'un air tout à fait implorant.

Je baissai les yeux vers lui d'un air tout à fait méprisant.

— Je m'excuse, dis-je à Mme Skellet.

Je m'époussetai et retournai à ma place.

— La souris de la classe s'est échappée, continuai-je. Nous devons la rattraper et la remettre en cage.

DOUZE

L'egot reparla à peine après ça. Je doute qu'il en ait eu la force.

Il ressemblait à un grand brûlé, ce que je suppose qu'il était. Et il vivait comme un sénile dans un hospice. Il bougeait à peine. Il passait la plupart du temps à tremper dans une mare de mon liquide céphalo-rachidien. Il était si maigre que je pouvais voir son squelette. Mais ses yeux étaient toujours identiques aux miens.

Je pense qu'il tentait toujours de m'influencer, mais sa petite voix était devenue si silencieuse que je pouvais à peine l'entendre. Mon esprit était clair. Et ainsi, je cessai de mal me comporter. Je devins enfin un bon petit garçon. Un membre respectable de la société de ma salle de classe. J'écrivais sur les lignes et tout et tout!

Je ne prenais jamais la parole sauf quand on me le demandait. Je ne me battais ou ne jouais jamais durant les leçons. Je ne collais jamais de chewing-gum sur qui que ce soit. Jamais! Même pas une seule fois!

Je participai au 'Club de devoirs', rejoignis la chorale de l'école et tentai d'intégrer l'équipe de football de l'école. (Je n'y réussis pas tout à fait.)

Ma chemise était toujours rentrée dans mon pantalon, mon col était baissé et mes chaussures lacées. J'essayais de ne pas souiller mon pantalon. (Ce qui était généralement un échec).

J'offris de devenir le délégué de classe. (J'obtins la troisième place).

Mais mes notes remontèrent. Je devins second de ma classe en science. Je terminai troisième lors d'une course avec un œuf dans la cuillère. Et je fis même partie de l'équipe gagnante lorsque ma classe participa à un concours de pâtisserie!

Ma conformité redonna vie à ma chère vieille mère. À chaque fois qu'elle me déposait à l'école, elle me prenait dans ses bras, me donnait un bisou sur la joue et me disait:

— Sois un bon garçon. Ne fais rien que je ne ferais pas!

Ses yeux semblaient toujours sincères. Si honnêtes! Si aimants!

Mais il y avait quelque chose de nouveau dans son attitude. Quelque chose d'indescriptible. Quelque chose qui ressemblait à de l'espoir. Quelque chose qui ressemblait à de la foi. C'était comme si elle croyait vraiment ce qu'elle disait; elle croyait vraiment que je pourrais être un *bon garçon*; que je ne ferais *rien qu'elle ne ferait pas*.

Si vous considérez ma transformation un peu tirée par les cheveux, cher lecteur, ou si ça vous semble assez irréaliste, veuillez garder à l'esprit que je souffre de ce que les psychologues appellent une personnalité limite, 'Tout ou rien'. Je vivais un processus de 'clivage du moi'.

Je peux dévorer toute une tablette de chocolat, ou je peux m'empêcher de manger le moindre morceau de chocolat, mais je suis incapable de me contenter d'un seul morceau. Je ne fais pas dans la modération.

Et en matière de comportement, quand je faisais quelque chose, il fallait que je le fasse complètement. J'obéissais à chaque règle, indépendamment des circonstances. Et je méprisais toute personne qui ne faisait pas pareil.

Laissez-moi vous donner quelques exemples de ce genre de comportement...

Lorsque je venais d'avoir dix ans, ma classe reçut l'ordre d'attendre en rang dehors pendant que notre instituteur allait chercher un collègue. Il se mit à pleuvoir, et tous les autres enfants rentrèrent à l'intérieur. Mais j'obéi aux ordres. Et je restai sous la pluie!

Je me mis à frissonner. J'attrapai froid. Tous mes camarades de classe pensèrent que j'étais devenu fou. Même Gavin Gillis, qui était mon meilleur ami à l'époque, secoua la tête et exprima sa désapprobation. Le gros Smith sourit comme un chimpanzé. Il me lança un clin d'œil insolent.

Mais je ne faisais qu'obéir aux règles. J'en étais fier. Et le maître me donna un bon point aussi, donc en fin de compte, je me sentis valorisé.

Une autre fois, lorsque ma classe fut grondée pour ne pas avoir chanté suffisamment fort à la réunion générale, je chantai si fort que tous les oiseaux s'envolèrent de leur branche! Je noyai tout à fait la voix de tous les autres enfants!

Et puis, à l'âge de onze ans, mon obéissance me mit dans le pétrin.

Tout commença quand j'eus besoin d'aller aux toilettes:

— S'il vous plaît, je peux aller faire pipi? demandai-je.

— Pourquoi? répliqua Mme Balding, notre maîtresse de l'année.

— J'ai besoin de faire pipi.

— Vraiment, Yew! Tu aurais dû y aller à l'heure du déjeuner!

J'inclinai la tête.

Je voulais répliquer, « *Je n'avais pas besoin de faire pipi à l'heure du déjeuner* », mais je ne voulais pas paraître insolent. Mme Balding était gentille, mais elle était stricte. Une fois, elle avait crié sur le gros Smith parce qu'il lui avait fait un clin d'œil! Elle avait forcé Gavin Gillis à marcher pieds nus toute la journée parce qu'il avait de la boue aux semelles!

Donc je ne voulais vraiment pas énerver Mme Balding. Oh que non! Et répondre l'aurait énervée. Alors, je restai assis sur place, croisant et décroisant les jambes. Et après quelques minutes inconfortables, je fus enfin autorisé à y aller.

— Vraiment, Yew! C'est une urgence? gémit Mme Balding.

Ses cheveux, qui ressemblaient à un nid d'oiseaux, semblèrent visiblement se contracter.

Je hochai la tête avec empressement et courus hors de la salle de classe.

Lorsque je revins, le 'Temps calme' avait déjà commencé. Tous les élèves étaient assis à leur pupitre, en train de lire ou d'écrire.

J'aimais bien le temps calme. Il me permettait de rêvasser.

Je rêvai de courir dans les bois, des fougères entre les orteils et des feuilles sèches dans les cheveux. Je rêvai de patauger dans l'océan salivant. Je rêvai de voler entre les nuages comme un oiseau.

Marmotte Sampson se mit à fredonner.

C'était inhabituel, parce que Marmotte Sampson dormait généralement durant le temps calme. Et je trouvais ça injuste, parce nous n'étions pas censés fredonner. Lorsque je fredonnais durant le temps calme, j'étais forcé à copier des lignes, *'Le silence est d'or, les fredonnements devraient être tus'*.

J'avais l'impression de devoir faire quelque chose. Et donc je posai mon doigt sur mes lèvres et fit taire Marmotte Sampson.

Marmotte Sampson tira la langue. Elle était rose et en forme de U.

Je fis la grimace.

Marmotte Sampson continua à fredonner. Sa tête balança d'un côté à l'autre. Ses nattes oscillèrent.

— C'est le temps calme, murmurai-je. On ne peut pas fredonner durant le temps calme.

C'était une chose étrange. Une chose vraiment étrange.

Moi, Yew Shodkin, briseur de règles et défenseur des libertés, demandais à quelqu'un d'autre de se conformer! C'était comme si j'étais devenu une personne totalement différente; vide, générique et docile. Mais c'est exactement ce que vous obtenez en appliquant le processus de conditionnement opérant à une personnalité tout ou rien; une personne tout aussi extrême qu'avant, mais dans le sens contraire.

Marmotte Sampson fredonnait toujours. Elle semblait heureuse. Il y avait un sourire sur ses joues couleur de cerisier en fleur. Des lueurs blanches vacillaient dans ses yeux et une rougeur rosée s'était propagée sur son visage.

— Je vais le dire à madame, murmurai-je.

Je ne l'aurais pas dénoncée à notre institutrice. C'était une menace en l'air. Et de toute manière, je n'aurais pas pu la dénoncer à l'institutrice sans parler, ce qui n'était pas autorisé durant le temps calme. Mais je voulais que Marmotte Sampson cesse de fredonner. Je pensais la protéger de la punition.

Marmotte Sampson me tira l'oreille. Elle me tira vraiment l'oreille! Pouvez-vous le croire?

Elle étira son bras longiligne au-dessus du pupitre, saisit mon lobe d'oreille et le tira aussi fort qu'elle le put vers le bas. Ça me fit un mal de chien! Des étoiles et des points crépitèrent autour de mon oreille. Mon sang bouillonna et mes veines pulsèrent.

Mais je ne criai pas. C'était le temps calme. Et nous n'étions pas censés crier durant le temps calme.

Je fusillai du regard Marmotte Sampson, qui fredonnait toujours, et l'enjoignis à se taire à nouveau.

Elle me frappa du pied. Je le jure devant Dieu. Elle me donna un coup de pied! Son orteil piquant ricocha contre ma cheville. Il perça ma peau délicate.

Je fis la grimace. Mais je ne réagis pas.

On nous avait dit que l'école avait une politique de 'tolérance zéro' sur la bagarre; que si deux enfants se disputaient, ils seraient punis tous les deux. La seule manière d'éviter la punition était de refuser de se battre, même si quelqu'un d'autre vous attaquait. Il fallait rester calme et se laisser tabasser. Alors, l'autre personne serait punie et vous pas.

C'étaient les règles. Et nous n'étions pas censés violer les règles.

Ainsi j'inspirai profondément, ravalai ma douleur et fis de gros yeux à Marmotte Sampson.

Elle me jeta son stylo. Je ne mens pas. Elle me jeta son stylo à la figure!

C'était l'un de ces stylos à plume que les filles prétentieuses avaient l'habitude d'utiliser. Je n'en avais jamais compris l'intérêt; ils faisaient toujours des taches d'encre. Et bien sûr, une traînée d'encre vola dans l'air. Elle éclaboussa du bleu partout sur ma chemise blanche. Et j'en reçus même dans la bouche. L'encre avait un goût alcalin, synthétique, huileux et amer.

Je fusillai Marmotte Sampson des yeux.

Elle me lança sa gomme. Elle me lança son manuel d'exercices. Elle sauta sur la table, m'attrapa par le col et me repoussa en arrière. Ma chaise bascula en arrière et j'atterris au sol.

— Tu n'es plus le garçon qu'on aimait tant, gronda-t-elle. Tu n'es plus le garçon que *j'aimais* tant!

La paume de sa main droite gifla ma joue gauche. La paume de sa main gauche gifla ma joue droite. Elle me gifla encore et encore; gauche, droite, gauche, droite; avec la cadence folle d'un marteau-piqueur enragé.

Quelle indignité! Quelle indignité de se faire tabasser par une fille! Une fille maigrichonne! Une fille qui passait la plupart de son temps à dormir!

Cette honte me colla à la peau durant des années.

L'egot se tortilla de douleur. Il encaissa chaque coup qui m'était dirigé. Mais il ne put supporter ces coups comme moi. Ses joues étaient trop fragiles. Et donc ses pommettes se creusèrent graduellement. Elles s'enfoncèrent dans sa bouche et appliquèrent une pression sur son cerveau. Le visage de l'egot prit la forme d'un œuf. Puis la forme d'une poire. Un de ses yeux se désorbita, rebondit sur son ventre et roula dans une flaque de liquide.

Les coups continuèrent à pleuvoir.

Mme Balding fondit sur nous. Elle se précipita entre les tables et zigzagua entre les chaises. Ses cheveux durent s'accrocher pour survivre.

— Franchement, Sampson! cria-t-elle. Qu'est-ce que tu crois faire? Franchement, Yew! Qu'as-tu bien pu faire pour la provoquer?

Elle m'arracha des griffes de Marmotte Sampson.

— Allez, Yew! s'exclama-t-elle. Je pensais que tu en avais fini avec ce genre de comportement!

Mon visage était en feu. Il était endolori, rouge et irrité.

— Qu'est-ce qui s'est passé?

Je frissonnai.

— Parle-moi!

Je levai les yeux vers Mme Balding et chuchotai:

— Je ne peux pas parler durant le temps calme.

— Je t'ai posé une question, répliqua l'institutrice. Franchement, Yew! Ne sois pas si facétieux.

Je secouai la tête et pinçai mes lèvres. Je n'aurais violé cette règle pour rien au monde.

— Si tu ne parles pas plus fort, tu seras mis en détention permanente!

Je ne parlai toujours pas. Je me contentai de fermer les yeux et regarder en moi-même.

Je vis l'egot.

L'egot fut secoué par une série de convulsions mortelles. Ses muscles se contractèrent avec une violence horrible. Il gargouilla tellement que de la craie blanche bouillonna de sa bouche. Et il tenta d'avaler de l'air d'une manière si perçante que ma tête palpita de douleur anodique.

Je ne savais plus quoi ressentir.

Le bras droit de l'egot traversa sa poitrine. Pop! comme ça. Il disparut complètement.

Le bras gauche de l'egot suivit le pas. Sa jambe droite tomba. Sa jambe gauche devint flasque.

L'egot me regarda avec ses yeux vides. Avec *mes* yeux vides! Et en poussant son dernier souffle, il dit:

« Au revoir, mon vieil ami. Souviens-toi que j'ai toujours eu tes intérêts à cœur. Je t'ai toujours aimé. Je voulais simplement que tu sois toi-même. »

TREIZE

L'egot mourut. Et puis il se décomposa. Je dus continuer à vivre avec son corps pourrissant et puant dans mon cerveau pendant tout un mois. Mon Dieu, ce fut douloureux! J'eus l'impression que tous les chevaux de César chargeaient au-dessus de ma tête, piétinant mon crâne; les sabots prêts à me fouler et les pattes déterminées à m'écraser.

Ma tête pulsa. Mes yeux larmoyèrent et mon visage devint mauve foncé.

La rigidité cadavérique de l'egot fit place à une sorte de putréfaction boursouflée. Son corps se dilata comme un ballon; empli de gaz sordides et de désolation sublime. De l'écume goutta de son nez, de sa bouche et de son anus. Du pus goutta de ses orbites vides.

Ma tête palpita comme un haut-parleur dans une rave.

Le corps de l'egot s'effrita. Sa peau cireuse se transforma en cendres. Des asticots dévorèrent ses os. Et mon cerveau absorba sa dépouille.

Ma douleur commença à se calmer.

Puis, lors d'une soirée d'automne maussade, les derniers restes de l'egot s'envolèrent enfin. J'ouvris grand les narines et inspirai la goulée d'air la plus glorieuse que j'aie jamais goûtée. Mes poumons tremblèrent d'excitation.

J'éprouvai une sensation irrésistible de légèreté.

J'étais enfin libre.

QUATORZE

L'automne de ma jeunesse fit place à l'hiver de mon adolescence.

Si je pouvais définir cette période de ma vie par une seule chose, ce serait ma soumission à l'autorité. Sans l'egot à mes côtés, j'étais tout simplement incapable de défier ceux qui avaient une position de pouvoir.

Je ne suivis pas le conseil de Lao-Tseu, celui de *'Réagir intelligemment, même à un traitement inintelligent'*. J'acceptai tout *'traitement inintelligent'* qui m'était destiné.

Il n'est pas difficile de comprendre pourquoi.

Des années de conditionnement opérant m'avaient transformé en petit automate obéissant, comme un rat dans une expérience de Skinner. Je respectais toutes les règles. Il était inutile de me menacer ou de me soudoyer. J'obéissais, un point c'est tout.

Et je n'étais pas le seul.

La soumission à l'autorité est la norme dans notre société. Cela a été démontré par le psychologue social Stanley Milgram...

Milgram mena une expérience dans laquelle deux sujets recevaient des rôles différents. 'M. Wallace', un acteur jouant le rôle d'un volontaire, était placé dans une pièce. Des électrodes étaient attachées à ses bras. Et un véritable volontaire était placé dans la pièce adjacente. Il faisait face à un <u>faux</u> générateur de chocs électriques muni de trente interrupteurs allant de '15 volts (choc léger)' à '375 volts (danger!)' et '450 volts (XXX)'. Le véritable volontaire croyait qu'il avait été choisi pour ce rôle au hasard, qu'il aurait pu se retrouver à la place de M. Wallace et que le générateur de chocs électriques était réel.

M. Wallace devait s'efforcer de mémoriser une liste de paires de mots. Puis, lorsqu'il était prêt, le volontaire devait le tester; énonçant un mot à M. Wallace et lui demandant de réciter l'autre mot de la paire. Chaque fois que M. Wallace faisait une erreur, le volontaire était censé lui administrer un choc électrique, dont la sévérité augmentait d'une unité à chaque mauvaise réponse.

J'ignore pourquoi les décharges électriques plaisent tant aux psychologues. Ils doivent être un peu sadiques. Mais heureusement, aucun rat ne fut utilisé dans l'expérience de Milgram, ce qui, à mes yeux, était un atout certain.

Quoi qu'il en soit, tandis que l'expérience progressait, le volontaire constatait sans aucun doute possible que M. Wallace souffrait. Chaque fois qu'il était électrocuté, l'acteur gémissait. Lorsque le voltage augmentait, il commençait à se tordre de douleur et à crier. Et lorsque le voltage atteignait les plus hauts niveaux, il hurlait d'agonie; poussant des gémissements épouvantables et des cris perçants.

Si le volontaire demandait à arrêter, un scientifique à l'apparence officielle lui disait, *'Veuillez continuer s'il vous plaît'*. S'il continuait à exprimer son inquiétude, l'expérimentateur insistait en disant que *'L'expérience exige que vous continuiez'*. Puis; *'Il est absolument indispensable que vous continuiez'*. Et enfin; *'Vous n'avez pas le choix; vous devez continuer'*.

Les résultats furent choquants.

Deux tiers des volontaires continuèrent jusqu'au dernier niveau. Ils continuèrent même lorsque M. Wallace prétendit être mort! Vous y croyez, vous? Deux tiers des gens de tous les jours, des gens comme vous et comme moi, étaient prêts à tuer un homme innocent, juste parce qu'une expérience scientifique l'exigeait! Ces gens étaient plus influencés par une figure d'autorité, un scientifique en tenue protocolaire, qu'ils ne l'étaient par les cris agonisants d'un homme mourant.

Il n'est pas difficile de comprendre pourquoi.

Notre société nous encourage à obéir à l'autorité. C'est une question de conditionnement opérant; nous sommes récompensés lorsque nous respectons les règles de l'autorité et punis lorsque nous violons ces règles. Lentement mais sûrement, nous sommes doucement contraints dans un état d'obéissance totale.

Et bien, tout comme les sujets de l'expérience de Milgram, j'avais été contraint dans un tel état. J'aurais fait tout ce qu'une figure d'autorité m'aurait demandé de faire. Tant qu'elle semblait authentique, avait un titre ronflant et une façade bien présentée, je lui aurais obéi sans hésiter.

Voilà l'histoire de mes années d'adolescence.

Ce ne sont pas des années sur lesquelles je souhaite m'attarder. Je n'aimerais pas vous ennuyer, cher lecteur, avec des tas d'anecdotes qui soulignent toutes le même état des choses. Ayant passé la première partie de ce livre à parler de mon enfance, une période durant laquelle mes aînés modelèrent l'argile humide de ma personnalité dans la forme qu'ils désiraient, je souhaite avancer et parler du début de mon âge adulte, lorsque les effets de cette manipulation m'affectèrent le plus. Mais avant ça, je crois devoir vous présenter quelques brefs exemples de ma soumission, juste pour décrire l'état dans lequel je me trouvais...

Tout comme les sujets de l'expérience de Milgram, qui firent tout ce que le scientifique leur disait de faire, je crus tout ce que mes professeurs me racontaient, même lorsqu'ils mentaient.

Lorsqu'ils me racontèrent que Christophe Colomb avait découvert les Amériques, je les crus. Je ne pensai pas à poser des questions au sujet des gens qui y avaient vécu durant des dizaines de milliers d'années. Je ne pensai pas à étudier les Vikings, qui avaient effectué ce périple cinq cents ans avant Colomb, ou les Africains, qui effectuaient ce voyage depuis des siècles. (*Troquant des lances trempées dans l'or*' selon le propre journal de Colomb). Je n'y pensai pas du tout. J'acceptai simplement tout ce qu'on me disait.

J'acceptai que nous eussions un jour eu un '*grand empire*' qui avait '*civilisé*' le monde. J'acceptai que nous eussions vaincu les méchants communistes et fascistes. J'étais complètement inconscient du fait que, ce faisant, nous avions tué des millions de gens, inventé les camps de concentration et poussé les Chinois dans l'enfer de l'opium. Ce genre de chose était passé sous silence.

Mes professeurs me racontèrent que la civilisation de l'Égypte Antique avait été fondée par des blancs, malgré tous les indices tangibles prouvant qu'elle avait été fondée par des noirs. Ils me racontèrent que le papier et l'imprimerie étaient des inventions occidentales, alors qu'elles avaient été développées en Chine. Et ils me racontèrent que Galilée avait découvert les mouvements des planètes, alors même que des érudits de Tombouctou les connaissaient deux siècles plus tôt.

Je crus à tout. Je dévorai cette propagande sans hésiter. Sans réfléchir du tout. Je me sentis soulagé de croire que la majorité des avancées humaines avaient été effectuées par des blancs, tout comme moi. Ce genre de suprématie patriarcale des blancs gonflait vraiment mon ego.

Globalement, toute mon éducation était teintée d'inexactitudes historiques telles que celles-là. Des inexactitudes historiques qui justifiaient le *statu quo*. Des inexactitudes historiques qui *glorifiaient* le *statu quo*. Et qui permettaient ainsi de maintenir le *statu quo*.

Comme George Orwell l'a dit; *'Celui qui a le contrôle du passé a le contrôle du futur. Celui qui a le contrôle du présent a le contrôle du passé'*.

Et bien, mes professeurs tentaient de contrôler mon futur. Mais ils n'étaient pas les seuls. Oh que non! Mes parents s'y étaient mis aussi!

Tout comme mes professeurs, mes parents étaient des figures d'autorité. La loi leur avait donné des 'droits et responsabilités parentaux', y compris le droit d'administrer des punitions. Et leur religion ordonnait; *'Honore ton père et ta mère, afin que tes jours soient prolongés et que tu sois heureux sur la terre'*.

Et je voulais vivre des *'jours prolongés et être heureux'*.

Ainsi, quand mes parents me demandèrent de participer à la cérémonie de 'confirmation', de confirmer mon dévouement à *leur* religion, je fus enclin à accepter. Après tout, ils représentaient des figures d'autorité, et je n'étais qu'un petit garçon soumis. Quel choix aurais-je pu avoir?

Cependant, une petite part de moi hésitait.

C'est difficile à expliquer. Ce n'était pas comme si l'egot était revenu. Je n'étais pas poussé à refuser ou à me rebeller. Mais j'étais assailli par un doute tenace. Un élément de doute sourd et léger qui pulsait sous la surface de mon esprit conscient, qui demandait; *'Ai-je vraiment envie de faire ça? Ai-je vraiment envie de glorifier le dieu vicieux et égoïste de mes parents? Un dieu qui inflige la maladie, la guerre et la famine sur son peuple? Un dieu qui nous juge comme un dictateur fou? Un dieu de conditionnement opérant, qui nous soudoie avec le paradis et nous menace avec l'enfer?'*

Ainsi, je soulevai mes inquiétudes durant un dîner familial, entre deux bouchées de pommes-de-terre rôties baignant dans la sauce brune et de haricots verts salés.

Je ne refusai pas, comprenez-moi. Ç'aurait été vilain. Et j'étais un bon petit garçon. Mes jours de rébellion étaient terminés.

Mais j'exprimai mes doutes:

— Je ne crois pas que j'ai envie de faire ma confirmation, dis-je. Enfin, si ça ne vous dérange pas.

Ma famille eut l'air horrifié.

Le menton de mon père pointa vers l'avant.

Ma mère me dit:

— Oh, Yew! Mon ange! Sois un bon garçon. S'il te plaît, sois un bon garçon.

Et mon cousin favori m'entraîna dans le bureau de mon oncle pour me parler:

— Pense à tous les présents que tu vas recevoir, me dit-il. Des gens que tu ne connais même pas t'offriront de l'argent! Tu recevras plus de cadeaux que jamais. Ce sera le plus grand jour de paie de toute ta vie!

Nous reprîmes nos places à la table à manger.

Ma mamie me fusilla du regard.

Mon Dieu, j'aimais tant ma mamie! Pour moi, elle était comme un portail vers une autre époque. Une déesse à l'odeur de lavande. Maternelle. Elle me donnait toujours du chocolat et de la crème glacée. Elle me souriait toujours quand elle me voyait.

Mais là, elle ne souriait plus.

— Si tu ne fais pas ta confirmation, tu ne seras plus mon petit-fils, dit-elle. Je te renierai! Aucun petit-fils digne de ce nom choisirait de ne pas faire sa confirmation.

Je me figeai, comme un cerf pris dans les lumières de phares.

Mes lèvres se transformèrent en bois.

Le menton de mon père pointa vers l'avant.

Et bien, cher lecteur, je suppose que vous pourriez facilement considérer ceci comme un cas de conditionnement opérant. Après tout, j'étais soudoyé avec une récompense (les cadeaux) et menacé par une punition (reniement).

Mais à cette époque de ma vie, je n'avais pas besoin de menace ou de punition. Il me suffisait de voir que le problème était sérieux. Il n'en fallait pas plus.

Mon personnage entier avait déjà été contraint. Ma peur d'être puni était si grande qu'il n'y avait nul besoin de me menacer. Mon imagination remplissait les blancs. J'imaginais des punitions bien pires qu'être renié par ma mamie. J'imaginais être renié par toute ma famille. J'imaginais être banni des dîners, voyages et vacances en famille. J'imaginais être ignoré; comme si j'étais invisible; comme si je n'existais pas.

J'étais faible. J'étais comme un boxeur dans les cordes, battu à mort par un opposant bien supérieur. J'étais incapable de me défendre. Je ne pouvais que bouger la tête, dans une tentative vaine d'adoucir les coups.

— Mon Yew chéri! répéta ma mère. S'il te plaît, sois un bon garçon.

Et je l'écoutai. Je me comportai comme un bon garçon. J'obéis à ma famille, tout comme les sujets de Milgram avaient obéi au scientifique.

Je fis ma confirmation parce que c'était clairement important pour ma famille. C'était quelque chose que j'étais clairement censé faire. Et ça suffisait. Inutile de me menacer. Inutile de me soudoyer. Il suffisait de me le dire. Mon besoin d'altruisme, ce besoin profond de plaire aux autres, prit le contrôle et fit le reste.

Je participai à l'office religieux pendant trois heures chaque semaine. Je participai à des cours du soir de catéchisme deux fois par semaine. Et je célébrai chaque festival religieux qui se présentait à moi.

Deux ans plus tard, je fis enfin à ma cérémonie de Confirmation.

Mais je doute que mes parents m'en furent reconnaissants. Jamais ils ne me dirent 'merci'. Je pense qu'ils considéraient comme un dû que je fasse ce qui leur plaisait; que je me montre respectueux. Après tout, ils étaient des figures d'autorité. J'étais *censé* faire tout ce qu'ils voulaient. J'étais *censé* être un bon garçon. Ils ne considéraient pas ça comme quelque chose d'important.

Quoi qu'il en soit, tout ça se produisit quand j'avais environ douze ou treize ans. Mais il reste un dernier évènement que j'aimerais mentionner à ce stade; un évènement qui se produisit alors que j'allais avoir seize ans.

Je devais alors prendre une décision qui allait façonner tout mon avenir:

'Devrais-je trouver un boulot?'

'Devrais-je faire un apprentissage?'

'Devrais-je faire un stage professionnel?'

'Peut-être devrais-je créer ma société?'

'Peut-être devrais-je vivre une vie autonome à la campagne?'

'Ou peut-être devrais-je continuer l'école et aller à l'université?'

L'idée de vivre de manière autonome me plaisait. De me rapprocher de Mère Nature. De vivre comme mes ancêtres avaient vécu.

Mais pour mes parents, il n'y avait qu'une seule option. J'allais continuer l'école, que ça me plaise ou non. Mon endoctrinement allait continuer.

— Tu iras à l'université, me dit mon père.

Il était assis derrière son imposant bureau recouvert de cuir, l'air d'un véritable chef; avec son costume de péteux et son sentiment suffisant de supériorité. Il avait l'air sournois. Vicieux. Son menton pointait vers l'avant et ses sourcils sautaient de joie.

— Si tu vas à l'université, je subviendrai à tes besoins, continua-t-il. Tu n'auras pas à te soucier de payer tes factures et tes frais, ta nourriture et ton logement. Mais si tu quittes l'école, je te jetterai dehors. Tu ne seras plus le bienvenu dans *ma* maison. Tu devras te démerder, et c'est un monde dur et cruel qui t'attend dehors.

Récompenses et menaces!

Récompenses et menaces!

Je n'avais pas l'impression d'avoir le choix. J'étais pétrifié de me retrouver à la rue. Je m'imaginais, couché sous les arches humides d'une gare ferroviaire bondée, couvert de suie, des vers dans les poches et des fourmis dans les cheveux. Je m'imaginais être agressé, battu et violé régulièrement.

Et je pensais également à mon père. J'éprouvais un devoir envers lui, celui de continuer mon éducation. Clairement, c'était important à ces yeux. Et je voulais le rendre heureux. Je pensais vraiment que continuer l'école lui ferait plaisir. Je rêvais qu'il sourirait et me dirait 'merci'.

Je pense que je devais souffrir du 'syndrome de Stockholm'.

Ainsi, je continuai l'école et entrai à l'université. Pas parce que je le voulais, comprenez-moi. Pas parce que j'y voyais un quelconque avantage. Je le fis parce que des figures d'autorité l'attendaient de moi.

Mes parents et mes professeurs l'attendaient de moi. Ma société l'attendait de moi. C'était ce que les garçons blancs de classe moyenne étaient censés faire. Et c'est ce que je fis. Je le fis pour eux. J'étais altruiste. J'étais soumis.

Je passai cinq années supplémentaires dans le système scolaire qui m'avait déjà tant opprimé. Je fus rejeté par l'université de mon premier choix, donc j'entrai dans une université qui ne me plaisait pas vraiment. Et je suivis la plupart de mes cours.

On m'a dit; *'C'est la vérité scientifique – pas la peine de la remettre en question'. 'Cette théorie se vérifie si nous supposons A, B et C'. Et 'Vous pouvez lire des points de vue alternatifs – mais ils ne seront pas considérés à l'examen'.*

J'appris comment argumenter. Ils appelaient ça 'débattre'. J'appris comment vénérer. J'appris comment devenir un travailleur acharné et un consommateur passif.

Je n'appris rien d'utile, comme comment purifier l'eau, construire un foyer, allumer un feu, cultiver de la nourriture ou survivre sans l'aide des corporations.

Je souris. Je fis semblant d'être heureux. Je me dis que d'autres étaient dans une situation bien pire que la mienne. Voyez-vous, après tout, j'avais de la nourriture et un abri. Certains n'avaient même pas cette chance. Qui étais-je pour me plaindre?

Je tirai le meilleur parti d'une mauvaise situation.

Je me trouvai même ma première vraie petite-amie, Georgie; une fille au tempérament de feu qui avait l'esprit vif et la langue acérée. Elle portait un parfum avec un goût de revenez-y et des vêtements à l'élégance décontractée. Ses cheveux étaient somptueux et sa peau me faisait penser à la soie.

Lorsque j'étais avec Georgie, je me sentais presque heureux. J'avais des papillons dans le ventre à chaque fois que je la voyais. Parfois, elle disait des choses qui me parlaient vraiment. Des choses qui me donnaient la chair de poule.

Nos respirations coïncidaient quand nous dormions.

Oui, Georgie était géniale. Elle me donnait l'impression d'être un véritable être humain. Elle m'aida vraiment à traverser ces années ambivalentes. Je pensais qu'elle était 'la bonne'.

Je me fis également des amis à l'université. Nous restâmes en contact après la fin de nos études.

Et je m'en sortis pas mal. Je suppose que c'était grâce à ma personnalité tout ou rien. Bien que je n'éprouvasse pas l'envie d'aller à l'université, tant que j'y étais, je voulais réussir. Je jouai le 'tout pour le tout'.

Mais je doute que mes parents se rendirent compte des sacrifices que j'avais faits pour eux. Mon père me donna bien de l'argent, pour me récompenser de mes efforts. C'était agréable. J'appréciai le fait qu'il y pense. Mais c'était une récompense pour mes bons résultats. Ce n'était pas un 'merci' de l'avoir fait. Mon père ne me remercia jamais d'être allé à l'université. Jamais. Pas même une seule fois.

Ma mère était également satisfaite de mes bonnes notes:

— Oh, Yew! m'encouragea-t-elle. Tu es un si bon garçon. Je suis si fière de toi, mon ange. Tu as dépassé toutes mes attentes!

Mais elle ne me remercia pas non plus d'être allé à l'université.

Ça me blessa. Ça me blessa beaucoup. J'avais l'impression d'avoir été poignardé dans la poitrine par une dague rouillée. Comme si quelqu'un m'avait arraché le cœur et l'avait jeté par la fenêtre d'un coup de pied.

J'avais sacrifié cinq ans de ma vie pour eux! Cinq ans!

Et cette trahison laissa des séquelles. Elle tendit vraiment nos relations. Nous continuâmes à nous voir de temps à autres. Mais il n'y avait aucune chaleur. Aucun amour. Aucun rien du tout.

Un gouffre massif s'ouvrit entre nous.

Et nous nous éloignâmes graduellement.

QUINZE

On m'avait dit à l'école que je devrais continuer l'école. Marrant, ça. Mes professeurs m'avaient dit que ma vie serait meilleure si je m'éduquais. Ils m'avaient dit que ça m'aiderait à trouver un bon boulot.

Mais ce n'était pas vrai.

Je n'ai jamais trouvé un bon boulot, même après avoir posé ma candidature à des centaines de postes pour diplômés. Je n'ai jamais été récompensé pour tous mes efforts.

Évidemment, j'affichais mon diplôme universitaire bien en évidence au sommet de mon CV. Je faisais toute une histoire de mes bonnes notes dès que je décrochais un entretien. Mais mes interviewers ne semblaient jamais très intéressés. Ils s'en tenaient toujours aux questions qui avaient été préapprouvées par la direction:

'Où vous voyez-vous dans cinq ans?'

'Selon vous, quelles sont vos plus grandes forces et faiblesses?'

'Si vous échouiez sur une île déserte, quelles sont les trois choses que vous emporteriez?'

'Si vous étiez un animal, lequel seriez-vous?'

'Pourquoi les couvercles de bouches d'égout sont-ils ronds?'

Je n'étais vraiment pas doué pour ce genre d'entretien.

Il paraît que les interviewers vous jugent lors des quelques premières secondes de votre première rencontre. Si vous faites une bonne première impression, vous avez une bonne chance de décrocher le boulot, indépendamment de comment se passe l'entretien ensuite. Indépendamment de vos qualifications et de votre expérience professionnelle.

Malheureusement, je n'ai jamais été capable de faire bonne impression. Je ne suis pas suffisamment séduisant pour épater avec mon apparence. Je n'ai pas suffisamment de charme pour m'insinuer dans les petits papiers de quelqu'un. Et je parais maladroit quand je tente d'imiter leur langage corporel.

Oui, c'est ce que vous êtes censé faire. Les psychologues disent que ça permet de créer des liens. Mais je me suis toujours senti mal à l'aise avec ce genre de chose. Je me suis toujours senti malhonnête.

Ainsi, après cinq ans de formation continue, avec un découvert qui augmentait de jour en jour, je n'eus pas d'autre choix que d'accepter un boulot dans un centre d'appel. Je devins collecteur de fonds pour une association caritative.

Georgie, en attendant, décrocha un bien meilleur boulot. Elle me quitta et emménagea avec un homme bien plus brillant. Et je ne peux pas dire que je lui en veuille; sa vie allait quelque part, la mienne pas. Mais me faire larguer comme ça ne me remonta pas le moral. Ma peau se mit à tirer. Elle me donna l'impression que mon crâne se faisait broyer.

Je passai nuit après nuit à pleurer dans mon oreiller. Dès que je cessais de pleurer, je commençais à me sentir furieux. Je cognais mon oreiller, encore et encore; *'Bish! Bash! Bosh!'* Et puis je commençai à me sentir seul. Je serrai mon oreiller dans mes bras comme s'il était mon partenaire.

Oui, mon oreiller s'est pris une belle raclée pendant ces quelques semaines.

Je me remis de ma déception amoureuse. J'eus une brève liaison avec la fille qui était assise à côté de moi au boulot, Steph. Elle était sympa; ses yeux étaient comme des tranches de kiwi et sa bouche comme un quartier de prune. Mais nous n'avions pas grand-chose en commun. Notre relation était intensément physique, mais Steph ne me donna jamais la chair de poule comme Georgie. Mon cœur ne rata jamais un battement quand je la voyais. Et, bien que je n'en sois pas fier, je lui en voulais d'occuper le même poste que moi, alors qu'elle n'avait pas de qualification professionnelle.

Mais je m'écarte du sujet. Je parlais de mon boulot...

Ce serait faux de dire j'avais un mauvais boulot. Il me payait suffisamment pour vivre, les conditions de travail étaient sûres et je m'entendais bien avec mes collègues. Mais ce serait également faux de dire que j'avais un bon boulot. Il ne me payait pas suffisamment pour acheter un appartement, le travail était fastidieux et le système craquait sous le poids d'un million de règles de merde.

Il fallait s'inscrire sur la feuille de présence en arrivant. Vous receviez une amande d'une heure de salaire si vous portiez des chaussettes dépareillées. S'il y avait un logo sur votre chemise, vous deviez le couvrir avec du scotch. Si vous n'étiez pas rasé, vous étiez forcé de vous raser avec un rasoir à une seule lame. Si vous vouliez manger une banane, vous deviez la couper en tranches pour ne pas donner l'impression d'effectuer un acte sexuel. Il y avait une règle stricte de *'pas de sexe dans la salle de conférence'* à laquelle tous devaient obéir.

Vous n'étiez pas autorisé à dire le mot 'problème', uniquement le mot 'défi'. Nous n'avions pas des 'patrons' mais des 'chefs d'équipe'. Toute personne qui ne donnait pas était appelée un 'futur donateur' ou un 'donateur potentiel'. Nous ne pouvions faire un 'brainstorming' parce que ça paraissait trop dangereux. Nous devions nous 'lancer des idées' à la place. On nous recommandait une approche de travail 'holistique, du berceau au tombeau'. Nous devions utiliser des concepts abstraits comme 'incitation', 'pensée à 360 degrés' et 'pré-préparation'.

Si vous étiez au beau milieu d'un appel à la fin de votre service, vous deviez rester jusqu'à ce que vous le terminiez, mais n'étiez pas compensé pour vos heures sup'. Vous deviez faire des pauses, que vous le vouliez ou non, mais vous n'étiez pas payé pour les faire. La société vous changeait d'équipe quand elle le voulait.

Et puis il y avait le travail en lui-même.

Je devais persuader les sympathisants de plusieurs œuvres de bienfaisance de donner de l'argent tous les mois par virement automatique. S'ils donnaient déjà par virement automatique, je devais les encourager à augmenter le montant de leurs dons.

J'adorais le concept. J'adorais l'idée de récolter beaucoup d'argent pour de bonnes causes. Je pensais que j'aidais à rendre le monde meilleur; à mettre fin à la pauvreté, à protéger l'environnement et à augmenter les droits des minorités abusées. Oui, je pensais vraiment que je contribuais à la société.

Je pense vraiment avoir changé les choses. Un petit changement, mais un changement néanmoins. Je canalisais mes besoins altruistes de manière productive.

Mais il serait faux de dire que tout était rose.

J'étais assis à un ensemble de bureaux que je partageais avec cinq autres collecteurs de fond. Le sol lustré était illuminé par une lumière blanche. L'odeur des taillures de crayon imprégnait l'air.

Le bureau préfabriqué me rappelait l'école de mon enfance. Mais je ne considérais pas ça comme une mauvaise chose. Je ne ressentais plus les effets du syndrome du déficit de nature comme lorsque j'étais à l'école. En fait, je me sentais chez moi au bureau. Cet endroit m'était familier. J'avais tant fréquenté d'endroits similaires qu'ils étaient devenus la norme à mes yeux. C'était presque comme si le temps passé à l'école m'avait préparé pour ce genre d'environnement.

Et ainsi, je m'asseyais à ce bureau jour après jour, passant appel après appel:

— Bonjour, dirais-je. Je suis Yew et je vous appelle de l'Association X. Je parle bien à Madame Jones?

— Oui, qui est-ce? répondrait généralement Mme Jones.

Mme Jones était généralement une pensionnée fragile, avec une voix brisée et un cœur aimable mais vulnérable.

— Je suis Yew, de l'Association X, répéterais-je alors.

— Ooh, roucoulerait Mme Jones avec une sorte de trépidation

empressée. L'Association X! Oh oui, j'aime bien l'Association X! Ils font du bon travail au sujet du Problème Y.

— Je suis ravi de vous l'entendre dire! Savez-vous quel genre de choses ils font pour résoudre le Problème Y?

— J'ai entendu dire qu'ils faisaient Chose A.

— Oui, tout à fait! Et ils font également Chose B, Chose C et Chose D! Ils sont sur le terrain jour après jour, à faire tout ce qu'ils peuvent pour résoudre le Problème Y. Et vous savez quoi?

— Quoi?

— Et bien, ça fonctionne, Madame Jones! Je ne vous mens pas; il y a un véritable changement. Vous savez, l'Association X a permis de réduire de dix pourcents les effets négatifs du Problème Y l'an dernier. C'est la vérité! Dix pourcents!

— Ooh. C'est une bonne nouvelle!

— Et ils sont parvenus à le faire grâce à des gens comme vous, Madame Jones. Sans votre soutien, ils ne pourraient rien faire.

— Ça, je n'en sais rien. Mais je fais ce que je peux.

Mme Jones aurait tendance à hésiter un peu à ce stade de la conversation. Sa voix miroiterait de doute. Ses mots sonneraient creux.

— Allons, allons, la rassurerais-je. Ne vous sous-estimez pas, Madame Jones. Vous pouvez faire la différence. Une vraie différence! Mais hélas, ce n'est *pas* suffisant.

— Pas suffisant? Que voulez-vous dire?

— Et bien, nos prévisions montrent que si nous n'agissons pas bientôt, le Problème Y pourrait empirer de cent pourcents l'an prochain. Il pourrait doubler! Et c'est pour cette raison que nous appelons. Nous avons besoin de *votre* aide, Madame Jones. Vous pouvez nous aider à changer les choses!

En répliquant à ce commentaire, Mme Jones serait alors vraiment sur ses gardes. Parfois, elle bégaierait. Parfois, elle bafouillerait:

— C'est une situation terrible, dirait-elle. Mais franchement, je ne vois pas comment je pourrais vous aider. Je ne suis qu'une vieille dame.

— Oh, mais vous pouvez aider, Madame Jones, la rassurerais-je. Vraiment! Voyez-vous, l'Association X doit redoubler d'efforts pour tacler les dangers réels et actuels posés par le Problème Y. Mais d'abord, elle doit doubler son 'Capital de lutte'. Et c'est pour cette raison que nous vous appelons; pour vous demander si vous auriez la gentillesse de doubler vos dons mensuels. Ça aiderait l'Association X à doubler son travail!

— Oh, je ne sais pas vraiment, répliquerait Mme Jones.

Sa voix se mettrait à craquer. À se briser. À devenir râpeuse.

— Je suis pensionnée, voyez-vous. Je n'ai pas beaucoup d'argent de côté. Et je donne déjà à l'Association X.

— Absolument, Madame Jones. Et nous apprécions vraiment votre don. Vos dons font vraiment la différence. Ils nous aident à nous attaquer aux sources du Problème Y. Mais malheureusement, ce n'est pas suffisant. Si nous voulons éliminer le Problème Y une fois pour toute, alors nous avons besoin que vous *participiez* un peu plus.

— Participer un peu plus?

— Donner un peu plus.

— Je n'ai pas un peu plus.

— Oh, Madame Jones, bien sûr que si! Bien sûr que si! Il suffit d'économiser un peu ici et là. De baisser le chauffage pour économiser et réduire votre facture d'électricité. De prendre une douche au lieu d'un bain pour réduire votre facture d'eau. De creuser pour la victoire! De grappiller et d'économiser! Et alors, vous pourrez doubler votre don. C'est aussi simple que ça! Simple comme bonjour! Et vous pourrez vraiment nous aider à éliminer le Problème Y.

— Je ne suis pas sûre de pouvoir faire ces économies. Je ne prends pas de bain.

— Vous pouvez y arriver, Madame Jones. Vous pouvez y arriver! Je crois en vous.

— Oh! vous êtes un jeune homme si adorable.

— Merci, Madame Jones.

— Mais je ne peux pas me permettre de doubler mes dons.

À ce stade de la conversation, Mme Jones aurait pris de l'assurance. Elle serait plus arrogante. Elle aurait redécouvert le courage de ses convictions. Sa confiance.

J'étais doué pour profiter de cette confiance. Je lui concèderais ça. Je laisserais Mme Jones croire qu'elle m'avait vaincu:

— Je sais, je sais, dirais-je. Les temps sont durs et vous faites déjà beaucoup. Je comprends. Et si nous faisions les choses à votre façon? Madame Jones, pensez-vous que vous pourriez augmenter vos dons mensuels de vingt pourcents? Vous pensez que vous pourriez vous le permettre?

— Et bien... oui, je suppose que oui. Ça me semble plus raisonnable.

— Alors merci, je vais m'en occuper immédiatement!

Et je raccrochais, cochais quelques cases et appelais quelqu'un d'autre.

Dieu seul sait ce qui arrivait ensuite à tous les M. et Mme Jones que nous appelions. Nous ne le savions jamais.

SEIZE

J'étais doué pour mon boulot. Je n'étais pas le meilleur collecteur de fonds, mais j'étais loin d'être le pire. Je me retrouvais généralement dans le top cinq du classement qui nous ordonnait en fonction des 'ventes' effectuées.

Je me sentais fier. Ça me faisait chaud au cœur.

J'étais forcé d'être doué. Les collecteurs de fonds qui n'atteignaient pas leur quota ne 'recevaient plus de travail'. Ils n'étaient pas virés en tant que tel, mais cessaient d'être employés.

Mais je doute que mon succès m'ait rendu heureux. Ce n'est pas qu'il me rendait malheureux, comprenez-moi. C'est juste qu'en fait, je ne ressentais rien du tout. Je suppose qu'on pourrait dire que j'étais apathique.

Les hauts s'étaient volatilisés. Beethoven n'offrait plus de musique à mon âme. Mon cœur ne bondissait plus, mon adrénaline ne pompait plus.

Et les bas s'étaient volatilisés; les punitions; l'effroi, la douleur et la peur.

Je pense que l'absence de l'egot cultivait cette apathie.

Vous avez peut-être remarqué que je n'ai plus mentionné l'egot sur ces dernières pages. Et ça pourrait vous sembler étrange. La première moitié de mon histoire tournait entièrement autour de ce personnage, et maintenant il a complètement disparu. Je l'ai à peine mentionné. Peut-être est-ce bizarre. Particulier. Incohérent. Peut-être que ça vous rend légèrement insatisfait.

Mais à la vérité, l'egot ne joua aucun rôle dans ma vie d'adulte. Je pensais à peine à lui. J'avais pratiquement oublié qu'il avait un jour existé. Je n'entendais plus sa petite voix. Et c'est pourquoi l'egot est absent de ces chapitres.

Quand l'egot mourut, il emporta ma dissidence avec lui. Mon

anticonformisme. Il emporta ma capacité à me libérer de mes chaînes. Ma capacité à sentir que j'étais au sommet du monde. Et il emporta également la douleur agonisante que j'éprouvais dès que j'étais réprimandé et puni. L'anxiété et la détresse. Il emporta les hauts *et* les bas.

Je conservai une sorte de neutralité extrême. Une sorte de neutralité qui aspirait toute la vie de mon être. Mais une sorte de neutralité qui, simultanément, prétendait aussi être mon amie. J'en étais reconnaissant. J'étais reconnaissant d'être capable de m'en sortir de manière stable, sans expérimenter d'émotions extrêmes telles que l'allégresse ou l'euphorie, le désespoir ou la peur.

Cette neutralité cultiva une certaine sorte de torpeur en moi.

Les jours fusionnèrent en semaines et les semaines fusionnèrent en années. Le présent mangea le passé et puis excréta le futur. Je tuais littéralement le temps; alignant des bonbons colorés sur mon téléphone, lisant des histoires de caniveau et complétant le Sudoku quotidien. Plaçant un 'neuf' dans cette case et un 'deux' dans cette autre.

Tous les jours se ressemblaient.

Je passais une heure à m'apprêter pour le travail, une heure à faire la navette, neuf heures au travail et une heure à rentrer chez moi. Quand je rentrais enfin chez moi, j'étais si fatigué que je me contentais de manger mon dîner, regarder de la télévision édulcorée et surfer sur internet. Je m'endormais. Puis je me réveillais et répétais exactement le même processus le lendemain.

Vivre ainsi m'aida à m'intégrer. Tous les employés de notre bureau semblaient partager le même mode de vie. Nous nous déplacions tous comme des zombies; le regard vide et des mouvements léthargiques. Nous semblions tous nous conformer.

Ce genre de conformité est en réalité assez normal. Un psychologue appelé Solomon Asch l'étudia.

Asch mena une expérience durant laquelle un volontaire était installé à table avec sept autres personnes. Le volontaire pensait que toutes ces personnes étaient également des volontaires, mais ils étaient en réalité des acteurs. Les psychologues sont vraiment sournois!

Et bien, les huit participants recevaient deux cartes à la fois. La première carte montrait une ligne droite. L'autre carte montrait trois lignes de longueurs différentes marquées 'A', 'B' et 'C'.

Les participants devaient ensuite répondre à la question de savoir laquelle de ces trois lignes avait la même longueur que celle de la première carte. La réponse était toujours évidente. Ainsi, lors des tests où chaque participant donnait son avis honnête, ceux-ci donnaient presque toujours la bonne réponse.

Mais ensuite, les acteurs se mirent à donner de mauvaises réponses. À certaines occasions, ils donnaient tous la même mauvaise réponse.

Le participant volontaire, qui ne prenait la parole que lorsque tous les acteurs avaient répondu, faisait face à un choix; donner la réponse correcte ou donner la réponse populaire.

Et que se passait-il alors?

Environ trois quarts des volontaires suivaient l'exemple des acteurs et donnaient la mauvaise réponse. Trois quarts! Voilà le résultat!

Lorsqu'on leur demandait ensuite pourquoi ils avaient donné la mauvaise réponse, la plupart des volontaires affirmaient que c'était parce qu'ils ne voulaient pas se ridiculiser en paraissant 'bizarres'; ils voulaient s'intégrer. Ce concept s'appelle 'Influence normative'. Mais certains volontaires affirmaient qu'ils avaient vraiment cru que les autres participants avaient raison! Ils avaient cru que ces personnes étaient mieux informées qu'eux. Ce genre de conformisme s'appelle 'Influence informationnelle'.

Et bien, tout comme ces volontaires, je ne voulais pas paraître bizarre. Je ne voulais pas me ridiculiser. Et je voulais m'intégrer. Ainsi, je permis à l'influence normative de guider mon comportement.

Et, simultanément, l'influence informationnelle m'affecta également. Je supposai tacitement que la manière de se comporter de mes pairs était la manière correcte de se comporter. Je supposai qu'ils savaient quelque chose que j'ignorais. Et donc je fis des choses qui n'étaient pas rationnelles, des choses que je ne voulais pas vraiment faire, simplement parce que d'autres personnes faisaient ces choses. J'imaginais qu'il devait y avoir un mérite *quelconque* à le faire, même si moi-même je ne le voyais pas.

Chaque jour, je faisais le tour de ma section, offrant de préparer du thé ou du café à tous mes collègues. Je ne le faisais pas parce que j'en avais envie. La plupart du temps, je n'avais moi-même même pas envie d'un thé ou d'un café. Je le faisais parce que c'était le genre de choses que faisaient mes pairs, et donc je pensais que je devais le faire aussi.

Je m'inscrivis à la salle de sport pour développer ma musculature, pour ne pas me démarquer en étant maigrichon. Je me mis à porter les mêmes vêtements que portaient tous les autres. Et je me mis à manger la même marque de malbouffe que mangeaient tous les autres.

Je me mis à écouter de la musique populaire; les foutaises génériques et plastiques que les stations de radio grand public diffusaient à répétition. Je regardais des émissions télévisées rasantes, juste pour pouvoir en parler le lendemain au travail. Et je racontais des inepties au sujet de célébrités, du sport et de la pluie et du beau temps.

En repensant à ces conversations à présent, je ne peux m'empêcher de penser au proverbe de Lao-Tseu; *'Celui qui sait ne parle pas. Celui qui parle ne sait pas'*.

Et bien, je ne *'savais'* pas de quoi je parlais à l'époque. Et donc je *'parlais'* beaucoup. Phénoménalement beaucoup! Je faisais un véritable effort pour parler à chacun de mes collègues, chaque jour.

Je suppose que c'était un peu comme si je m'appliquais le

conditionnement opérant à moi-même. Je créais une récompense, 'm'intégrer', que je recevais à chaque fois que j'agissais comme les autres. Et je créais une punition, 'être un cas social', que j'aurais subie si j'avais agi naturellement.

Je me surveillais moi-même.

J'étais mon propre Skinner! J'étais mon propre geôlier! J'étais mon pire ennemi!

Ces punitions et récompenses imaginées m'influencèrent tant que j'aurais fait n'importe quoi pour m'intégrer. N'importe quoi! Vraiment n'importe quoi.

Et graduellement, je pense que cela eut un effet…

Certains des autres collecteurs de fonds m'invitèrent au pub tous les vendredis après le travail. Je n'aimais pas le pub, ni la bière, mais j'aimais avoir l'impression de faire partie d'un groupe. J'avais l'impression d'être désiré. Et ça voulait dire que j'avais trois groupes d'amis. Trois! Pas seulement un. Trois! Il y avait mes amis d'école (je fréquentais toujours régulièrement Gavin Gillis et Amy McLeish), mes amis d'université et mes amis du boulot. Je niais mon vrai moi, mais je devenais vraiment populaire. Et ça me remonta le moral.

Je commençai à fréquenter mes amis du boulot lors de nos jours de congé. De temps à autres, j'allais chez eux. À l'occasion, nous allions ensemble à un concert ou à un match de foot. J'avais l'impression d'être pris en compte. Ça m'aida à m'en sortir.

La monotonie de mon travail commença à me taper sur les nerfs. Et mes doutes au sujet de mon travail s'accrurent. Mais je restai avec cette agence parce que j'avais l'impression d'être à ma place. J'avais l'impression d'être un gars comme les autres.

Et, à mesure que le temps passait, j'en oubliai que je n'aimais pas manger cette nourriture contre nature et porter ces vêtements génériques. La merde diffusée à la télévision me réconforta. Et parler de la pluie et du beau temps cessa de me sembler inepte.

Je ne pensais pas à ces choses. C'était simplement des choses que je faisais. Robotiquement. Systématiquement. Suivant une routine incontestable.

Je devins une nouvelle personne; aspirée dans la neutralité de l'abîme, réconfortée par les normes sociales et libérée du fardeau de l'individualité.

DIX-SEPT

J'explosais mes quotas, poussant des tas de vieilles mamies à donner de l'argent qu'elles n'avaient pas vraiment.

Mes patrons adoraient ça.

Ils me donnèrent l'impression qu'ils pensaient m'offrir une promotion. Enfin, ils me posèrent des questions sur mes aspirations et me parlèrent de la vie en tant que 'chef d'équipe'. Puis ils m'invitèrent pour une virée en ville.

Je n'avais pas l'impression de pouvoir dire 'non'. Je ne disais jamais 'non' aux figures d'autorité. J'étais un bon garçon. De plus, je voulais vraiment m'intégrer. Je voulais me conformer.

Et donc je les accompagnai pour leur virée. Je tentai de me comporter comme ces managers; tentai de parler comme eux et d'agir comme eux.

Nous commençâmes la soirée au pub. C'était l'un de ces vieux pubs fatigués où les gens boivent pour le plaisir de boire; imprégné de l'arôme de vieille bière et de la touffeur moite de vieux poivrots.

Je n'aimais pas boire pour le plaisir de boire. Mais tous les autres descendaient pinte après pinte, donc j'avais l'impression de devoir les suivre. Je pensais que ça m'aiderait à m'intégrer.

Puis nous allâmes au casino. Je n'étais jamais allé au casino. J'avais toujours pensé que c'était idiot. Allez, quoi, la banque gagne à tous les coups! Vous ne faites que leur donner votre argent. C'est franchement ridicule.

Mais je voulais être assimilé. Je voulais m'intégrer. Et donc je m'assis à la table de blackjack, misai le minimum à chaque main, et fis semblant de bien m'amuser:

— Je pourrais m'habituer à ceci, mentis-je à M. Morgan, notre directeur général.

M. Morgan me rappelait M. Grunt. Peut-être était-ce à cause de ses sourcils broussailleux. Ou peut-être à cause de sa jovialité forcée. Mais M. Morgan possédait également autre chose. Quelque chose de subtil. Quelque chose de violent. Il avait l'air d'un boursier et l'aura d'un bourreau.

Et bien, nous nous entendions pas trop mal jusqu'à ce que je reste sur un quatorze. M. Morgan me descendit en flammes:

— Pourquoi as-tu fait ça? Yew Shodkin! Yewy Shodkin! Tu n'as vraiment pas l'esprit d'équipe!

J'en fus blessé. Mon estomac tomba comme du plomb; rebondissant contre mon abdomen et abaissant mes poumons. J'en fus blessé parce que je faisais tout ce que je pouvais pour donner l'impression que j'avais l'esprit d'équipe. Et j'en fus blessé parce que je n'avais aucune idée de quoi M. Morgan voulait parler. Je n'avais même pas réalisé que le blackjack était un jeu d'équipe!

Quoi qu'il en soit, malgré l'incident, je fus invité à la virée suivante des managers. Et je fus invité à celle d'après également.

Ces sorties avaient lieu tous les quelques mois. Elles ne m'aidèrent jamais à obtenir une promotion, mais elles m'amenèrent à croire qu'une promotion était imminente. Elles m'amenèrent à croire que je faisais du bon travail de terrain.

Lors de la quatrième ou cinquième sortie, nous commençâmes la soirée dans notre pub habituel. Puis nous nous dirigeâmes vers le casino.

En chemin, l'un des directeurs, un mec qui se faisait simplement appeler 'Deano', eut une idée. C'était une vraie pagaille, ce Deano. Il était mal embouché et était toujours plein de ronces et de blasphèmes. Et il avait toujours des idées folles:

— Hé, les mecs! s'exclama-t-il avec l'exubérance d'un clown en état d'ébriété. Entrons dans ce trou à baise! Oh que oui, mes salauds!

Nous nous trouvions devant un bar topless.

Un sorteur gardait la porte. On aurait dit la progéniture d'un bouledogue et d'un manchot. À côté de lui, un poster faisait la publicité de 'naines nues'. Et au-dessus de sa tête, des lumières rouges criardes clignotaient 'Girls! Girls! Girls!'

— Nichons!!! s'écria M. Clough, le chef comptable – un homme tubulaire qui avait un torse comme un baril et des jambes comme des baguettes. Nibards! Nibards! Nibards!

Je fus pris par surprise. Dans mon expérience, les comptables ne criaient généralement pas le mot 'nibards' à pleins poumons. Pas en public.

— Allons renifler des chattes! encouragea M. Smith, le chef des relations humaines, le visage rouge.

— Atchik Atchik Atchik, chanta un autre manager.

— Aïe Aïe Aïe! répliqua son pote.

Ils se topèrent la main.

J'eus le sentiment que je devais participer.

— Des nanas à poil! m'écriai-je. Qui n'aime pas les nanas à poil?

— À la bonne heure, répliqua M. Morgan.

Il sourit avec jubilation. Une jubilation tordue et vicieuse. Et il passa un bras autour de mes épaules. Il me guida à l'intérieur.

— Allez, Yewy, dit-il. Par l'enfer, on va passer du bon temps, mon garçon!

Cet endroit ressemblait effectivement un peu à l'enfer. Je fus plongé dans le noir complet. Je me sentis fondre dans un manteau de vide. Et pourtant, des lumières rouges m'agressaient de chaque surface. Elles imprégnaient tout d'une lueur infernale. Mes yeux se firent larmoyants.

Je trébuchai vers l'avant et me retrouvai bientôt dans un box en forme de U.

J'avalai une tequila et levai les yeux vers la strip-teaseuse sur scène.

Son corps était, selon toutes les normes, une chose de beauté. Ses mouvements étaient, à leur manière, sublimes. Et pourtant, je ne trouvais pas cette fille attirante. Je ne dirais même pas qu'elle était sexy. Ses yeux étaient vides. Ses mouvements étaient robotiques.

Nous avalâmes tous une autre tequila.

M. Morgan me lança un regard oblique. Ses sourcils broussailleux fusionnèrent. Ils ressemblaient à un buisson hérissé. Et sa peau d'éléphant se fripa.

—Yew! applaudit-il. Yewy Shodkin! Tu es célibataire. Pourquoi ne vas-tu pas danser?

Je ne sus plus où me mettre. Mes muscles se contractèrent. Mon estomac se resserra; tout l'air en avait été aspiré. Comme s'il n'était rien de plus qu'un sac racorni.

— Ce n'est pas vraiment mon truc, dis-je.

Je baissai les yeux au sol pour éviter de croiser son regard.

— Ne sois pas idiot, répliqua M. Morgan. Allez! Allez! Considère ça comme un cadeau. Tu le mérites bien! Tu as fait du bon travail.

M. Morgan invita une des filles à nous rejoindre. Il lui tendit une liasse de billets pliés. Et puis il hocha la tête dans ma direction.

La fille me prit la main et me mena vers une salle privée, où elle m'assit sur un banc dur couvert de tissu.

Elle se déhancha d'un côté à l'autre. Elle caressa ses seins. Elle lécha son doigt de manière aguichante.

Toute cette expérience eut un effet profond sur moi.

Permettez-moi de vous expliquer...

Vous vous souvenez peut-être du sentiment que j'ai mentionné en vous racontant l'histoire de ma confirmation religieuse. Retournez quelques pages en arrière et vous le verrez, juste là, au chapitre quatorze:

Cependant, une petite part de moi hésitait, écrivis-je. Ce n'était pas comme si l'egot était revenu. Je n'étais pas poussé à refuser ou à me rebeller. Mais j'étais assailli par un doute tenace. Un élément de doute sourd et léger qui pulsait sous la surface de mon esprit conscient, qui demandait; 'Ai-je vraiment envie de faire ça?'

Et bien, cher lecteur, j'éprouvais la même *'hésitation'* tandis que je me tenais dans ce bar à strip-tease.   Je ressentais ce même *'doute tenace'*. Je me demandais également; *'Ai-je vraiment envie de faire ça? Ai-je vraiment envie de déshonorer cette pauvre jeune femme?'*

Elle suivait vraiment le train-train des mouvements; s'accroupissant de haut en bas, poussant son bassin vers mon aine. Mais tout ce que je voyais, c'était une petite fille exploitée. La fille de quelqu'un! L'amante de quelqu'un! L'amie de quelqu'un!

Je me posai des questions sur sa vie.

Peut-être était-elle étudiante, pensai-je, et qu'elle cherchait à payer ses frais d'université. Peut-être était-elle mère célibataire, faisant tout ce qu'elle pouvait pour subvenir aux besoins de son enfant. Ou peut-être était-elle une esclave, victime d'une mafia de traite d'êtres humains, qui ne se faisait même pas payer.

Mon imagination s'emballa.

Mais, malgré tous les scénarios dont je rêvai, je ne pus imaginer une seule situation dans laquelle cette fille était heureuse. Elle agitait ses seins vers mon visage, mais ne semblait pas vraiment apprécier ça. Les yeux vides, elle regardait le mur derrière moi. Elle avait l'air de se faire chier. Elle avait l'air en pétard.

Je me sentis vraiment mal.

J'eus l'impression d'être un chien galeux. Un corniaud bâtard en rage et infesté de puces. Un clébard indigné.

Ce bruit sourd qui pulsait sous la surface de mon esprit se mit à palpiter. J'eus mal au cœur.

Mais je ne voulais pas me rebeller. Je voulais me conformer. Je voulais m'intégrer. C'était pour ça que j'étais sorti en virée avec ces managers. C'était pour ça que j'avais laissé la strip-teaseuse me mener dans cette pièce. Ma conformité me mettait à l'aise. Elle me donnait l'impression d'être en sécurité.

Mais mes managers n'étaient pas dans la pièce. Rien de ce que je faisais ici ne pourrait les satisfaire ou les offenser. Rien de ce que je faisais ici ne m'aiderait à me conformer.

Je ne voulais pas vraiment que cette danse continue. J'avais l'impression d'abuser cette pauvre fille innocente.

Donc je tapai le siège à côté de moi.

— Assied-toi, dis-je à la strip-teaseuse.

Et je lui tendis mon pull-over pour qu'elle puisse couvrir sa poitrine nue.

Nous restâmes assis là, en silence. Puis nous retournâmes dans la salle principale.

— Ça a été vite, dit M. Morgan. Tout va bien, Yewy, mon garçon?

Je haussai les épaules.

Je voulais que M. Morgan soit reconnaissant du sacrifice que j'avais fait pour lui. Je voulais vraiment qu'il soit content. Mais il ne sembla pas du tout reconnaissant. Il semblait vouloir que je *lui* sois reconnaissant!

Il me lança un regard noir. Me fusilla du regard! Ses sourcils broussailleux fusèrent à la verticale!

Mon cœur se figea. Mon estomac se retourna. Je courus jusqu'aux toilettes, où je vomis partout à terre.

DIX-HUIT

Je perdis mon boulot.

Ma boîte traversa une mauvaise passe, durant laquelle il n'y avait tout simplement pas suffisamment de travail pour tout le monde. Tous ceux qui n'avaient pas d'expérience avec les associations du Secteur C furent licenciés.

— C'est stupide, me dit M. Collins. Tu es l'un de nos meilleurs collecteurs de fonds. Nous ne devrions vraiment pas nous passer de tes services.

Mais ils se *'passèrent'* bien de moi. Voilà les joies de la bureaucratie.

Je ne me laissai pas démonter pour autant. Non. Mes états de service réussis avaient boosté mon ego. J'étais certain de réussir dans n'importe quel boulot que je décrocherais. Et cette confiance transparut lors de mes entretiens. Elle me permit de décrocher un nouveau boulot en moins d'un mois, un poste d'aide cuisinier dans la cuisine d'une chaîne de pubs; passant des plats tous faits au micro-onde et nettoyant des assiettes en porcelaine bon marché. Ce n'était pas grand-chose; un contrat zéro heures rémunéré au minimum. Mais il me permettait de payer mes factures.

Je me dégottai même une nouvelle petite-amie, Lorraine; une femme plus âgée au visage angélique et aux yeux malicieux. Nous nous correspondions bien. Nous considérions tous deux le monde de la même manière. Nous avions tous deux nos problèmes.

Nous emménageâmes ensemble après nous être fréquentés durant quelques mois. Ce fut un pas de géant pour moi. J'eus l'impression d'être un adulte. Normal. Responsable.

Et nous nous entendions bien. Nous restions debout tard tous les soirs; à boire du vin et à refaire le monde. Nous rendions visite à ses amis et à mes amis. Nous allions au cinéma.

Oui, j'éprouvais bien une sorte de contentement placide quand j'étais avec Lorraine. Ce n'est pas que je me sentais heureux. J'ai déjà expliqué que je vivais dans un état d'apathie totale et absolue. Mais j'éprouvais de l'espoir. Je pensais que les choses iraient mieux.

Pour comprendre mon état d'esprit, il est d'abord nécessaire de comprendre ce que la psychologue Tali Sharot appelle le 'Biais de l'optimisme'. C'est la tendance, présente chez la plupart d'entre nous, à surestimer la probabilité de vivre de bonnes choses et à sous-estimer la probabilité de vivre de mauvaises choses.

Dans le monde occidental, par exemple, environ deux couples mariés sur cinq divorcent. Pourtant, quand ce pronostic est annoncé à de jeunes mariés, qui doivent ensuite donner une probabilité de divorcer eux-mêmes, ils ne répondent pas deux chances sur cinq. Ils ne donnent pas la réponse rationnelle. Ils répondent zéro pourcent de chance. Zéro! Que dalle! Nada! Ils ignorent les faits et laissent leur optimisme altérer leur jugement.

Pareillement, une étude de Neil Weinstein a démontré que les étudiants pensaient que, comparé à leurs camarades de classe, ils avaient 13% de chances en plus de recevoir une récompense, 32% de risque en moins de souffrir d'un cancer du poumon et 49% de chances en moins de divorcer. En réalité, bien sûr, leur pourcentage moyen était égal au pourcentage moyen de leurs pairs. Certains auraient plus de chance, d'autres moins de chance, mais la somme globale serait une 'somme nulle'.

Ne vous méprenez pas. Je ne dis pas que l'optimisme est toujours une mauvaise chose. Il peut booster notre confiance en soi, ce qui peut nous propulser vers le succès. Et d'un autre côté, le pessimisme peut mener à la dépression.

Mais malheureusement, l'optimisme peut également nous encourager à agir de manière irrationnelle; à poursuivre des objectifs irréalistes ou des boulots et des relations qui nous rendent misérables.

Nous nous berçons d'illusions en pensant que les beaux jours sont juste au coin de la rue.

La société encourage ceci. On nous bassine en disant; *'Vous l'obtiendrez si vous le voulez vraiment. Il suffit d'essayer encore et encore!'* Et nous y croyons. Nous travaillons d'arrache-pied. Nous souffrons, dans l'espoir follement optimiste que nous serons récompensés par un meilleur boulot, un meilleur salaire et une meilleure vie, à un moment donné mythique du futur.

Dans ce sens, l'optimisme peut-être une maladie. Et je pense que c'est une maladie dont nous souffrons tous. Cette épidémie d'optimisme, cette pandémie de foi aveugle, émousse nos capacités rationnelles et nous encourage à accepter nos vies malheureuses.

Du moins, c'était mon cas.

Même si je n'en avais aucune envie, j'avais poursuivi mes études parce que je pensais avec optimisme que je décrocherais un bon boulot. Même si ça ne changeait pas vraiment les choses, j'avais obéi à mes patrons, mes professeurs et mes parents, parce que j'espérais avec optimisme que ça les rendrait heureux. Même si mes relations précédentes n'avaient jamais collé, je pensais avec optimisme que les choses se passeraient bien avec Lorraine. Et même si je n'avais pas obtenu de promotion en travaillant comme collecteur de fonds, je pensais toujours avec optimisme que je recevrais une promotion en travaillant comme aide-cuisinier. J'avais l'espoir optimiste que je deviendrais chef cuisinier, et décrocherais un contrat à durée indéterminée et un bon salaire.

Albert Einstein a dit un jour que la 'folie', c'était de *refaire la même chose encore et encore et de s'attendre à un résultat différent*. C'était un type intelligent, cet Einstein. Et selon lui, je devais être fou. Parce que je continuais à travailler dur, et je continuais à m'attendre à être récompensé, même si mon dur labeur n'avait jamais été récompensé auparavant. Aucune indication ne suggérait que je serais récompensé. Ce n'était pas une croyance rationnelle. Tout ramenait à l'optimisme. Un optimisme aveugle et débilitant.

J'arrivais en avance et repartais en retard. J'aidais à former les nouveaux membres du personnel. Lors de périodes d'accalmie, je trouvais toujours quelque chose de productif à faire; nettoyant, préparant et faisant l'inventaire. Je travaillais durant mes pauses. Et je respectais toutes les règles.

Je ne me plaignais jamais.

Je ne me plaignis jamais de devoir faire du travail fractionné. Je ne me plaignis jamais de devoir travailler jusqu'à deux heures du matin. Je ne me plaignis jamais de devoir recommencer à huit heures le lendemain matin, n'ayant pu dormir que trois heures.

Mais la seule augmentation que je reçus fut infime. Et elle n'était pas le résultat de mon dur labeur; c'était l'augmentation de salaire type après six mois en poste. Je ne reçus aucune promotion. Je ne devins jamais chef cuisinier.

Après un an, Lorraine me plaqua. Elle me dit qu'elle *'m'aimait vraiment beaucoup'*. Mais que nous étions *'trop incompatibles pour rester ensemble'*.

Je ne me sentis même pas trop mal. Pas comme quand Georgie m'avait largué. Ma peau ne tira pas. Je ne pleurai pas dans mon oreiller. Je l'acceptai simplement. Je me sentis simplement apathique.

Et puis, quatre mois après ça, je fus foutu à la porte de l'appartement que j'avais partagé avec Lorraine. Mon proprio voulait le donner à son fils. Ainsi, je dus faire mes valises et emménager dans un studio claustrophobique.

Cher lecteur, tandis que je vous régale de cette suite d'évènements déplorables, je ne peux m'empêcher de penser au proverbe de Lao-Tseu; *'Qui ne change pas de cap a toutes les chances d'atteindre sa destination'*.

Et bien, je n'aimais pas 'ma destination'; une vie chargée de longues heures et de salaire minimal, de conditions de travail déplorables et de temps libre limité. Je réalisai que je devais 'changer de cap'. Que je devais trouver un nouveau boulot.

J'étais toujours optimiste. J'espérais toujours pouvoir décrocher un meilleur boulot, avec de meilleures conditions de travail. J'espérais toujours que ce boulot me permettrait de contribuer à la société tout en gagnant plus d'argent pour moi-même. Je rêvassais toujours de pouvoir acheter mon propre appartement.

Et donc, je postulai à d'autres offres d'emploi. Toutes sortes de boulots que je pensais que quelqu'un doté de mon diplôme pouvait faire pour gagner sa vie. Et j'étais optimiste quant au fait de pouvoir décrocher ces boulots, parce que j'avais l'expérience de travail en plus des qualifications!

Et je décrochai bien un autre boulot, mais rien à voir avec celui que j'avais espéré.

Cher lecteur, je devins représentant en énergie!

Je me tenais dans le centre commercial, à côté d'un stand gonflable, et je cajolais les passants pour les pousser à changer de fournisseur d'électricité. Je n'avais jamais eu l'intention de faire ce boulot très longtemps, mais comme il me payait légèrement mieux que mon job précédent, je le considérais comme un pas dans la bonne direction.

Je foulais le carrelage de ce centre commercial jour après jour. J'accostais des milliers de passants. Et je lançais des prospectus entre les mains occupées des gens préoccupés.

La lumière blanche omniprésente, qui reflétait sur toutes les surfaces, créait un soleil de midi éternel. Pourtant, je vivais dans le crépuscule permanent. Il faisait toujours noir quand je mettais les pieds dehors. Je devins étranger au soleil. Et je passai une année entière sans voir un seul arc-en-ciel. Même si j'avais vu un arc-en-ciel, je l'aurais probablement ignoré.

Je persévérai.

J'abonnai des gens à des 'plans fixes', des 'plans indexés' et des 'plans prépayés'. J'établis des 'virement automatiques', des 'virements permanents' et des 'comptes clients'. Je complétai la paperasserie, rangeai régulièrement mon stand et souris comme un chat de Cheshire.

Encore et encore; jour après jour après jour.

DIX-NEUF

Mon boulot était franchement chiant. Tous les jours se ressemblaient plus ou moins. Mais une fois de temps en temps, quelque chose venait me secouer de ma trance induite par la monotonie.

Un jour, par exemple, je vis une jeune femme passer. Sa bonne mine de femme enceinte transparaissait son tailleur deux pièces. De beaux diamants étincelaient à ses oreilles. Et son rouge à lèvre rouge luisait.

Elle croisa mon regard.

Et alors, mon cœur cessa de battre. Mon estomac se serra. Mon visage se glaça.

Je réalisai qui c'était.

C'était Marmotte Sampson! Vous vous souvenez d'elle? La fille qui fredonnait durant le temps calme? Celle qui m'avait immobilisé au sol après que j'aie rouspété, et qui m'avait lancé; *'Tu n'es plus le garçon qu'on aimait tant. Tu n'es plus le garçon que j'aimais tant!'*

Et bien, cher lecteur, elle était bien là; sa tenue moulante et chic, ses courbes plantureuses. Une chaleur délicate rayonnait de ses joues couleur de cerisier en fleur. Un gloussement folâtre dansait sur sa langue méfiante.

— Hé! hélai-je.

Marmotte Sampson m'ignora.

C'était normal; être ignoré faisait partie du boulot. Personne ne voulait être accosté par un représentant enquiquinant. La plupart des gens prétendaient que je n'existais pas.

— Marmotte! hélai-je à nouveau. Hé! Marmotte! Marmotte Sampson!

Et puis elle eut un mouvement de recul. Comme si elle avait été traversée par un fantôme, elle frissonna et trembla. Sans bouger la tête, elle tourna un œil vers moi.

Mon visage se refléta dans sa cornée.

Elle me vit. Sa tête tourna vers moi, entraînant son corps avec. Son visage s'éclaira; illuminé par l'éclair de reconnaissance et l'innocence de la surprise. Des lueurs blanches vacillèrent dans ses yeux et une rougeur rosée se propagea sur son visage.

— Yew! chantonna-t-elle.

Je rougis.

— Yew! Comment vas-tu? demanda-t-elle.

— Très bien. C'est super de te voir. Ça fait si longtemps!

— Seize ans!

— Seize ans?

— Seize ans! Je ne t'ai plus vu depuis le dernier jour de primaire. Tu t'en souviens? On a pris des photos sur l'herbe et on s'est juré de rester amis pour toujours.

— Oui, je m'en souviens! On a tous reçus des bibles. On a écrit des messages sur les pages vides. Et puis on a signé sur les uniformes des autres.

— Si tu m'avais dit à l'époque que je ne te reverrais plus pendant seize ans, je ne t'aurais pas cru.

— Moi non plus! Où est passé tout ce temps?

— Le temps file.

— C'est sûr. Regarde-toi! Tu n'es plus maigrichon!

— Et regarde-toi! Tu n'es plus une marmotte!

— Hé, toi! petit insolent! Ça fait des années que personne ne m'appelle plus comme ça.

— Comment t'appelle-t-on de nos jours?

— Madame Smith.

'Madame Smith' baissa le poignet pour révéler l'anneau qui trônait fièrement à son doigt.

— Tu es mariée?

— Absolument!

— Qui est l'heureux élu?

— Brian.

— Brian? Brian Smith? Le gros Smith? Le garçon avec plus de lard qu'un épaulard? L'animal oriental? L'homme montagne de la campagne?

— Hé! Arrête, petit chenapan. Brian n'est plus gros. C'est un banquier très riche.

— Un banquier? Content pour lui! Et qu'est-ce que tu fais de ton temps?

— Oh, tu sais, de tout et de rien. Je suis l'assistante personnelle du directeur exécutif d'une grosse boîte. Mais je passe la plupart de mon temps à décorer notre maison de vacances. C'est vraiment épuisant. Parfois, j'ai l'impression que posséder des propriétés, c'est plus de stress que ça n'en vaut la peine. Mais tu sais, il faut bien persévérer.

Je ris jaune.

— Écoute, je dois y aller, continua 'Madame Smith'. Le patron est un genre de négrier, si tu vois ce que je veux dire. Mais ce serait génial de rattraper le temps perdu. Tu aimerais aller boire un café un de ces jours?

Je hochai la tête.

— Super! Je te recontacterai.

Marmotte Sampson fit voler ses cheveux en se retournant. Ses pieds s'éloignèrent en planant. Et sa forme s'évapora.

Je restai cloué sur place.

J'étais scotché. Je ne pouvais tout simplement pas comprendre ce qui venait de se passer.

'Comment était-ce possible que Marmotte Sampson ait eu autant de succès?' me demandai-je.

C'était la fille qui passait toutes ses leçons à dormir. Elle faisait à peine attention à l'école. Ses notes étaient terribles.

C'était la fille qui ne réagissait pas quand je m'essuyais le nez sur sa manche. Elle s'en foutait. Le monde la laissait indifférente.

C'était la fille qui fredonnait durant le temps calme. Elle ne respectait pas les règles. Elle n'essayait pas de plaire à ses supérieurs. Elle n'essayait pas de plaire à qui que ce soit. Elle n'était pas altruiste comme moi. Elle était égoïste jusqu'à l'os.

Et pourtant, elle était belle. Elle avait un mariage heureux, un bon boulot et une maison de vacances. Une maison de vacances! Je ne pouvais même pas me permettre d'acheter un studio, et elle avait une maison de vacances!

Ça me semblait injuste. Ça me semblait inéquitable.

Pour la première fois depuis des années, mon apathie flancha.

J'étais furax. Mon visage était en feu!

Comme un dragon cracheur de feu, de la vapeur s'échappa de mes narines dilatées. Ma peau devint reptilienne. Mes yeux devinrent globuleux.

Les passants m'évitèrent.

Je mijotai dans le goulasch bouilli de ma furie. Des bouts de mon indignations et des morceaux de mon irritation barbotèrent dans la soupe de mon désespoir.

'Comment a-t-elle pu faire si peu et recevoir autant, alors que j'ai fait tant pour en recevoir si peu?' me demandai-je. *'Pourquoi devrais-je m'assujettir aux demandes de la société alors que quelqu'un comme Marmotte Sampson peut avancer sans entrave dans la vie tout en restant fidèle à elle-même? À quoi bon? Pourquoi?'*

Ce même élément de doute tenace et léger qui avait pulsé sous la surface de mon esprit conscient lorsqu'on m'avait forcé à faire ma confirmation, lorsqu'on m'avait emmené dans ce club de strip-tease, se mit à palpiter à nouveau. Et ce n'était plus un bruit sourd. C'était une vibration retentissante qui fit pomper mon cœur. C'était comme si une nouvelle réalité naissait; perdant les eaux de mon esprit, dilatant les chaînes que j'avais serrées autour de mes pensées, et libérant mon enfant intérieur dans le monde.

Je dus me rattraper à mon stand pour rester debout. Mes jambes s'étaient transformées en coton. Ma tête tournait et mon estomac se retournait.

Je ne rangeai pas mon stand ce soir-là. Je ne complétai pas le rapport de ventes quotidien. Je me contentai de sortir en trébuchant sous le ciel nocturne et de me fondre dans le vague brouillard de ma réalité tordue.

L'air avait le goût du soufre.

VINGT

Lao-Tseu a un jour dit; *'Un leader est meilleur lorsque les gens savent à peine qu'il existe, quand le travail est terminé, son objectif réalisé, ils diront*: *nous l'avons fait nous-même'*.

Mon patron, Dave, n'était pas du tout comme ça. Je savais sans peine qu'il *'existait'*, et il ne me laissait jamais dire, *'Je l'ai fait moi-même'*.

Plutôt que suggérer un objectif et me laisser le choix de comment le réaliser, il exigeait que je fasse les choses à sa façon. Cet homme dégingandé et élancé me surplombait de toute sa taille, ne me laissant aucun doute sur le fait qu'il s'attendait à ce que je fasse ce qu'il me disait de faire.

Plutôt que louer mes plus grands accomplissements, il lapidait mes erreurs les plus bénignes. Il parlait comme un lion. Parfois, il rugissait. Mais, le plus souvent, il se contentait de ronronner d'assurance.

Et plutôt que dire, *'Comment crois-tu qu'on pourrait faire ça?'*, il disait, *'Fais ça comme ça!'*.

Des psychologues comme John Sensenig et Jack Brehm vous diront qu'un tel comportement mène à la catastrophe assurée.

Ces deux hommes menèrent une expérience durant laquelle des volontaires devaient réagir à une liste de déclarations en utilisant une échelle allant de 'Tout à fait d'accord' à 'Pas du tout d'accord', avec vingt-neuf points intermédiaires.

Ils annoncèrent ensuite aux volontaires qu'ils allaient devoir écrire des rédactions supportant ou opposant cinq de ses déclarations. La première, *'L'aide fédérale devrait être retirée aux écoles religieuses'*, n'avait pas suscité de réponse passionnée. Les quatre autres déclarations bien.

Les volontaires furent divisés en paires.

Les volontaires du groupe 'Menace réduite' reçurent comme instruction qu'un membre de la paire allait devoir décider d'argumenter pour ou contre la première déclaration, et que les deux membres devraient ensuite prendre ce côté. La personne qui prenait cette décision était autorisée à demander l'opinion de son partenaire. Mais pour les quatre autres rédactions, les volontaires reçurent comme instruction qu'ils pouvaient choisir le côté (pour ou contre) qu'ils désiraient.

Les volontaires du groupe 'Menace importante', cependant, reçurent comme instruction qu'un membre de la paire allait devoir choisir de quel côté ils pencheraient tous les deux pour les cinq rédactions.

L'expérience était truquée. Aucun volontaire ne put réellement choisir de côté. Ils furent tous installés dans des pièces isolées. Puis ils reçurent tous une note, qui avait soi-disant été écrite par leur partenaire, mais qui avait en fait été écrite par un chercheur. Cette note leur demandait toujours de conserver le côté, pour ou contre, qu'ils avaient choisi lors du sondage afin qu'il n'y ait pas de conflit.

Les volontaires du groupe 'Témoin' dans le groupe Menace réduite reçurent tous une note disant, '*Je préfèrerais être d'accord/pas d'accord sur ce point, si c'est OK pour toi*'. Ces notes impliquaient les volontaires dans le processus.

Tous les autres volontaires reçurent une note disant, '*J'ai décidé que nous serons tous deux d'accord/pas d'accord sur ce point*'. Ces notes contraignaient le récipiendaire.

Et puis, tandis qu'ils écrivaient leurs rédactions, les volontaires reçurent comme instruction de réagir à nouveau à la déclaration en utilisant l'échelle initiale à trente-et-un points.

Voici ce qui se passa:

Les volontaires du groupe Témoin exprimèrent une opinion plus forte du même côté (pour ou contre) de la déclaration que celle qu'ils avaient exprimée lors du sondage initial. Ils réagissaient positivement parce qu'ils avaient été impliqués dans le processus.

Mais les autres membres du groupe Menace réduite exprimèrent une opinion plus faible. Ils se sentaient menacés. Ils n'aimaient pas qu'on leur dise quoi écrire, même s'ils étaient initialement d'accord avec l'opinion qui leur avait été imposée.

Et les volontaires du groupe Menace importante exprimèrent une opinion encore plus faible. En moyenne, ils déplaçaient leur réaction de 4,17 points sur l'échelle, s'éloignant de l'opinion qui leur avait été imposée, bien qu'ils aient initialement été d'accord avec ce point de vue. Ils se sentaient menacés par l'idée qu'on leur dise quoi écrire au sujet de quatre sujets (beaucoup plus émotionnels).

Ceci montre que lorsque la liberté d'une personne est menacée, cette personne mettra des choses en place pour recouvrer cette liberté personnelle menacée. Elle changera d'opinion personnelle sur un sujet, s'éloignant de l'opinion qui lui a été imposée, même si elle soutenait initialement cette opinion.

Et bien, cher lecteur, c'est exactement ce qui m'arriva !

Voyez-vous, ma conversation avec Marmotte Sampson m'avait encouragé à évaluer ma situation. Elle m'avait encouragé à évaluer la manière dont mon patron me traitait.

Mon patron me disait comment je devais me tenir, comment je devais sourire et comment je devais aborder les gens. Il écrivait mes argumentaires de vente. Et il insistait pour que j'utilise ses scripts en réponse aux objections.

La plupart du temps, j'étais d'accord avec le point de vue de mon patron. Ce jeune homme plein d'entrain m'avait appris beaucoup de choses. Mais c'était le fait qu'il me dise quoi faire qui me tapait vraiment sur les nerfs. J'avais l'impression qu'il menaçait ma liberté.

Et ainsi, en réaction à cette menace, je commençai à éloigner mes propres opinions de celles qui m'étaient imposées.

Comme Lao-Tseu l'a dit; *'Plus nombreux sont les décrets et les lois, plus les malfaiteurs et les bandits pullulent'.*

Et bien, mon patron était un fan des '*lois*'. Ça ne fit pas de moi un '*malfaiteur*' ou un '*bandit*', mais ça me poussa à me rebeller.

Pour la première fois depuis la mort de l'egot, je remis l'autorité en question! Je remis en question tout ce que Dave me disait de faire:

'Pourquoi devrais-je me tenir debout comme il me dit de me tenir debout?'

'Pourquoi devrais-je sourire quand il me dit de sourire?'

'Pourquoi devrais-je utiliser son script?'

Cet élément de doute subtil, cette pulsation sourde qui avait refait surface en parlant à Marmotte Sampson, se transforma en nouvelle conscience. Il domina mes pensées. Il me poussa à remettre tout en question:

'Pourquoi devrais-je obéir à mes professeurs, mes parents et mes patrons?'

'Pourquoi devrais-je me conformer aux normes de la société?'

'Pourquoi devrais-je me plier à la pression de mes pairs?'

'Pourquoi devrais-je obéir à la loi?'

'Pourquoi devrais-je nier mon vrai moi?'

Mon esprit était un enchevêtrement d'anxiétés distinctes mais interconnectées. Une vraie boule de feu de colère. Un vrai punching-ball d'angoisse existentielle.

J'avais fait tout ce que tout le monde avait voulu de moi. J'avais respecté toutes leurs règles. J'avais respecté l'autorité. J'étais allé à l'université. J'avais travaillé dur, travaillé bien et travaillé longtemps. Et pourtant, je n'avais pas été récompensé. Je n'avais pas été promu. Je ne recevais pas de salaire décent. Et je ne pouvais pas me permettre de m'acheter un appartement.

Quelque chose devait changer. Allez, quoi, d'autres personnes gagnaient de bons salaires. D'autres personnes pouvaient se permettre d'acheter leur maison. Même Marmotte Sampson avait réussi dans la vie! Elle possédait deux maisons! Et elle n'avait jamais travaillé aussi dur que moi! La seule chose à laquelle elle était douée, c'était dormir!

Mon esprit était empli de telles pensées.

Comme si un bouchon avait été retiré de mon subconscient, vingt ans de frustrations refoulées s'épanchèrent dans mon esprit conscient.

Je suppose que vous pourriez comparer mon état mental à un élastique.

Un élastique peut être étiré jusqu'à plusieurs fois sa longueur naturelle. Il peut être tordu au-delà de toute reconnaissance. Mais vous ne pouvez l'étirer que jusqu'à un certain point avant que l'élastique ne claque et ne reprenne sa place.

Et bien, cher lecteur, j'avais atteint ce point. Le point de claquement! Je claquai et revins à mon état naturel.

L'egot était mort. Mais je n'avais plus besoin de lui. J'étais en train de penser par moi-même, sans son aide. Sa petite voix était devenue un cri de guerre retentissant. Et c'était *mon* cri de guerre. C'était *ma* petite voix. C'était à moi, tout à moi!

Tout était clair. Il était clair que j'avais passé ma vie en cage. Il était clair que la liberté était à ma portée. Ce qu'il me restait à faire était clair comme de l'eau de roche. J'étais ma propre clarté. Tout était clair.

Dave se pavana jusqu'à moi. Il me domina de toute sa taille. Ses moustaches remuèrent et sa crinière bruissa.

Sans prendre le temps de dire 'bonjour', il se mit sans plus attendre à me dicter ses termes:

— Tu dois arrêter d'utiliser le mot 'on', dit-il. Tu dois plutôt utiliser les mots 'nous' et 'nos'.

Mais j'étais totalement déconnecté de l'homme. Totalement déconnecté du monde.

Je me souviens d'un sentiment surnaturel, comme si j'avais quitté le monde physique. Mes jambes se soulevèrent jusqu'à mon torse, ma silhouette s'érigea et mon esprit se figea. Mon corps fondit hors de mon contrôle.

J'observai mon corps se désenchaîner. L'observai bondir sur le stand. L'observai se marteler la poitrine comme un gorille valeureux. Et l'observai bomber le torse comme un superhéros de cape et d'épée.

Le son faible de la Neuvième Symphonie de Beethoven se mit à emplir mes oreilles. De délicates cordes de violon fournirent une toile de fond mélodieuse au ballet qui se déployait sur scène.

Mon patron ouvrit la bouche, comme s'il allait rugir.

Mon corps effectua une pirouette.

Des prospectus s'élevèrent sous mes pieds et virevoltèrent autour de mes tibias, comme de l'écume sur une mer agitée.

J'éprouvai un déferlement de félicité universelle.

Une jambe se souleva devant mon corps, formant une flèche perçante pointée vers l'étendue sans âme de ce centre commercial. Je maintins cette position, parfaitement immobile, tout en levant le menton avec une grâce quelque peu prétentieuse. Puis je sautai comme un cerf au printemps, au ralenti, une jambe pointée vers l'avant et l'autre rejetée vers l'arrière.

La Neuvième Symphonie de Beethoven semblait glorieuse tandis qu'elle montait crescendo. Des altos se joignirent aux violons et des violoncelles se joignirent aux altos. Les contrebasses se mirent à fredonner et les flûtes à siffler.

J'atterris les pieds joints; un ange du ciel, un démon de la mer.

Mon esprit flotta au-dessus d'un océan infini.

Mes bras balayèrent l'air infini. Ils renversèrent le tableau situé derrière mon stand. Ils retournèrent ma table. Ils envoyèrent voler la paperasserie dans la vive lumière blanche.

Je pus voir mon âme de singe. Je pus entendre les appels de singe qui émanaient de ma bouche ouverte. J'entendis la Neuvième Symphonie de Beethoven atteindre son apogée, tandis que les cuivres entonnaient leur cri de guerre. Les flutes firent corps avec les clarinettes. Les bassons retentirent. Les trompettes et cors glapirent de ravissement incontrôlé.

Je hurlai comme un âne atteignant l'orgasme.

Mes poumons se remplirent de pur esprit.

Je déchirai ma chemise et fit face à mon patron. Mon torse velu resplendissait comme le plastron d'un gorille. Mes épaules étaient bombées sur mon dos. Et mes tempes étaient érigées comme des cornes.

J'encerclai cet homme, jouant avec lui comme un chat avec une souris. Et je chargeai autour de lui comme un troupeau de gnous enragés; laissant dans mon sillage vestiges de mon stand, clients de guingois et débris divers.

La Neuvième Symphonie exigeait la rédemption, la gloire et la libération. C'était un appel enflammé. C'était un cri empli de furie.

— Yew! Yew! Yew! hurlait mon boss.

Mais j'en avais assez.

— Va te faire foutre! m'exclamai-je. Va te faire foutre, Dave! Je t'emmerde! Je t'emmerde! Et j'emmerde ton putain de boulot!

Je flottai sur les vents du temps. Je dansai au-dessus de la terre étoilée. Et je volai dans les cieux éternels.

Mon corps laissa le centre commercial derrière lui.

Mon âme dit 'bon débarras' à ce travail de merde.

VINGT-ET-UN

Je me retrouvai sans boulot et à quelques mois de me retrouver sans le sou. Mais je m'en foutais.

Je m'étais retrouvé. Je m'étais libéré. J'avais expérimenté la félicité euphorique de la rébellion. Et j'avais allumé une faim dévorante en moi.

J'en voulais plus!

Je voulais plus d'expériences extracorporelles. Plus de transcendance. Plus d'exultation.

Je voulais que la Neuvième Symphonie murmure des mots doux à mon oreille.

Je voulais satisfaire mes besoins sauvages.

Et donc je ne fis pas que me rebeller réactivement. Non.

Cher lecteur, pour la première fois de ma vie, je cherchais proactivement des opportunités de me rebeller. De donner un coup de pied au système. De m'affirmer.

Je participai à un rassemblement anticapitaliste.

C'était un carnaval, un assortiment de marginaux et de non-conformistes que vous auriez pu trouver dans une communauté hippie des années 1960. Des hommes torse-nu portaient des gilets hypnotiques. Des femmes à dreadlocks portaient des jupes indiennes. Des sages aux cheveux gris se mêlaient à des nouveau-nés. Et des excentriques d'âge moyen se mêlaient à des révolutionnaires sans âge.

Ces activistes plantèrent des plants de marijuana à Parliamant Square. Quel génie! Ils affublèrent la statue d'un vieux dictateur d'une crête en herbe. Et ils gribouillèrent des graffitis sur un monument qui glorifiait la guerre.

Mon cœur martela. Mes veines pulsèrent.

J'avais trouvé mon peuple! Le même état d'esprit! Mes âmes sœurs!

Je me sentis enfin chez moi.

Je fus emporté par la vague d'énergie de ces gens, transporté dans la rue et livré dans la foule qui s'était rassemblée autour d'un restaurant de malbouffe multinational.

Les manifestants étaient en train de saccager l'endroit. Les fenêtres étaient brisées et les tables retournées. Les appareils culinaires pleuraient au sol. Les restes vaincus de cet avant-poste capitaliste saignaient par terre.

Ma petite voix, la petite voix qui était restée dormante toutes ces années dans ma tête, qui était réapparue lorsque je m'étais rebellé contre mon patron, et qui m'avait parlé depuis lors, me poussa à participer. C'était une voix silencieuse, similaire à la voix silencieuse de l'egot. Elle était si subtile! Si calme! Si originale! Et elle me poussa à participer. Me poussa à contribuer. Me suggéra d'aider l'armée rebelle à créer un monde meilleur.

Et je l'écoutai. Cher lecteur, j'écoutai *ma* petite voix! Pas l'egot. Pas les appels des autres. Mais <u>ma</u> petite voix. Cette manifestation du vrai moi.

Je fendis la foule. Je me pressai entre les activistes vétérans aux cheveux vivement colorés. Et je fis des zigzags entre des touristes confus qui s'étaient laissés emporter dans la mêlée. Slalomant. Me faufilant. Jusqu'à ce que j'atteigne enfin l'avant.

Lorsque j'arrivai enfin, les activistes étaient passés au bureau de change d'à côté. La porte avait été arrachée. Les manifestants anéantissaient l'endroit en mille morceaux.

Je ramassai une chaise, la levai haut au-dessus de ma tête et la fracassai contre la fenêtre. Ça fit mal. Les vibrations du verre renforcé remontèrent dans mon bras. Mon épaule recula d'un bond.

La vitre brisée oscilla avant de reprendre sa position initiale. Des milliers d'éclats étaient maintenus en place par une sorte de couche synthétique. Mon coup peu enthousiaste n'avait pas eu le moindre effet.

Mais je me sentis bien. Pas euphorique. Pas extatique. Mais bien.

Vraiment, vraiment bien.

J'avais l'impression de *me rebeller contre l'autorité*. L'autorité qui m'avait formé à l'école. L'autorité qui m'avait poussé à entrer à l'université puis m'avait abandonné. L'autorité qui m'avait mené dans un club de strip-tease, comme un chien en laisse, en s'attendant à ce que je sois reconnaissant. Et l'autorité qui m'avait forcé à réciter un script stupide jour après jour.

J'avais l'impression de faire un doigt d'honneur à ces figures d'autorité. De niquer le système. J'avais l'impression de me battre, pas seulement pour moi-même, mais pour tous les autres employés piégés dans un centre d'appel, à passer des appels monotones, aidant un riche à s'enrichir encore plus. Pour tous les autres employés qui ne savaient jamais quand viendrait leur prochain quart de service, quand viendrait leur prochaine paie, ou quand ils pourraient se permettre de manger. Et pour tous les autres employés qui avaient perdu tout espoir. Qui se sentaient impuissants et seuls.

Ce besoin altruiste déferla en moi.

J'inspirai profondément et levai les yeux vers le bureau de change. Pour moi, en cet instant, il représentait tout ce qui allait mal dans le monde. Chaque emploi sans avenir, chaque vente difficile et chaque patron mesquin. J'avais l'impression de devoir m'en prendre à eux.

Alors je soulevai la chaise à nouveau, la balançai à nouveau, et la fracassai à nouveau dans la devanture. Rien ne changea. La vitrine resta intacte. Mon épaule supporta tout le recul du coup.

Je répétai ce processus une troisième et dernière fois. Mais rien ne changea. Et il me sembla que rien ne changerait si je continuais.

Les gens me dévisageaient. Ils me firent me sentir complexé, paranoïaque et peu assuré. Un frisson glacé me parcourut l'échine. Mon cœur flancha.

Ma petite voix me dit que j'en avais fait assez.

Et je disparus dans la foule.

En repensant à ce jour-là, je ne peux m'empêcher de penser que c'était une expérience positive. Pour la première fois dans ma vie, je m'étais lié à un milliers d'âmes partageant le même état d'esprit. Je faisais partie d'un ensemble plus important. Et j'avais tenté de contribuer – de faire ma part. Parfois, je m'étais senti bien. Je m'étais senti réel.

Mais ça ne m'avait pas rendu euphorique. Je n'avais pas transcendé le royaume matériel. La Neuvième Symphonie de Beethoven n'avait pas empli mes oreilles.

Et pour cette raison, une part de moi se sentait toujours insatisfaite…

VINGT-DEUX

Je continuai à participer à plusieurs manifestations durant les semaines qui suivirent. Je manifestai pour la paix, l'environnement et la justice sociale. Je manifestai contre les armes nucléaires, les frais de scolarité et le trafic d'armes. Et je savourai ces manifestations. Vraiment. Mais je ne me sentis jamais euphorique. Pas comme je m'étais senti en saccageant la classe de Mme Brown.

Je participais tout de même à ces manifestations parce que j'avais le sentiment de faire quelque chose d'important. De contribuer à la société. Enfin, j'avais l'impression de contribuer plus que je ne l'avais jamais fait en travaillant.

Et je participais tout de même à ces manifestations parce que je m'étais lié d'amitié avec un groupe d'activistes. J'aimais passer du temps avec eux. Et j'avais besoin d'eux. Mes anciens amis avaient tous des carrières et des partenaires de longue date. Certains avaient des enfants. Mais je m'étais ostracisé du monde dans lequel ils vivaient. J'étais différent. Un paria. Un marginal. Et ç'avait fait pression sur nos relations. J'étais resté ami avec Gavin Gillis et quelques potes de l'université, mais c'était tout. Je ne vis jamais plus mes anciens collègues.

Mes relations avec ma famille se tendirent. Ils ne comprenaient tout simplement pas ce que j'étais en train de faire de ma vie. Ils ne pouvaient m'accepter.

Mais j'avais tout de même besoin de compagnie. J'avais besoin d'amitié. Et je pense que c'est pour cette raison que je me rapprochai de mes nouveaux amis activistes.

Il y avait Swampy, qui, comme vous pourriez le deviner à son nom, était le stéréotype du hippie; chemises bariolées, cheveux gluants et sandales râpées. Il y avait Brian, qui n'était pas du tout le genre de personne généralement associée à l'activisme; il possédait une friterie et vivait avec sa jeune famille dans un village historique et pittoresque. Et il y avait Becky. La forte, l'impétueuse Becky. Elle était féministe. Et pas du genre fantaisiste.

J'aimais Becky. Je veux dire, je l'aimais vraiment.

Lao-Tseu a dit que l'amour était '*la plus puissante des passions, car elle attaque simultanément la tête, le cœur et tous les sens*'.

Et bien, c'était exactement ce que j'éprouvais quand j'étais avec Becky. J'avais le sentiment d'être '*attaqué*' par l'amour. Tabassé par l'amour. Frappé aux boules par l'amour.

Becky me faisait me sentir bien. Vraiment bien.

Mon apathie avait été emportée. Démissionner de mon boulot m'avait permis de me réengager avec le spectre complet des émotions. Ça m'avait permis de me sentir bien à nouveau. Et ça m'avait également permis de me sentir morose à nouveau.

Et ainsi, je fus capable de tomber amoureux. Je pus m'offrir à cette superbe jeune femme.

Tout comme avec Georgie, j'avais des papillons dans le ventre à chaque fois que je voyais Becky. Parfois, elle disait des choses qui me parlaient vraiment. Des choses qui me donnaient la chair de poule. Avec elle, je me sentais tout chose à l'intérieur. Mes entrailles ressemblaient à de la guimauve fondue.

Oui, j'aimais vraiment Becky. J'aimais vraiment bien tous ces activistes. Ils avaient tous un cœur d'or.

Donc je continuai à participer aux manifestations. Je participai aux manifestations afin de passer du temps avec ces personnes géniales.

Je participai à ces manifestations jusqu'à un affreux jour d'automne; les arbres étaient pleins de feuilles couleur de rouille et le ciel empli d'un arc-en-ciel vaporeux. Des tons menaçants bleu, indigo et violet offraient un arrière-plan sinistre à nos chants emplis de colère. Et des traits orange, jaune et vert amenaient de petites étincelles d'espoir; l'espoir que nous pourrions vraiment changer les choses et améliorer notre société brisée.

J'ignorai cet arc-en-ciel. Il me laissa indifférent. Pour moi, c'était juste un élément prosaïque de l'arrière-plan.

J'étais totalement concentré sur notre manifestation.

Notre groupe d'activistes descendit la grand-rue et tenta ensuite d'entrer dans une agence pour l'emploi pour mettre en scène notre sit-in. Mais une rangée d'agents de police costauds, aux mâchoires ciselées et torses sculptés, bloquait la porte d'entrée. Ils nous empêchèrent d'exercer notre droit légal de manifester pacifiquement.

Du rap politique retentissait d'une radio portative:

'Forget what they told you in school. Get educated!'

— C'est Akala, me dit Swampy. C'est bon, hein?

— Ouais, répliquai-je. En voilà des paroles engagées!

Swampy tapa son pied en sandale en rythme avec la musique:

— Ce mec est le joueur de flûte des rats révolutionnaires.

Je souris.

— Ses chansons sont des hymnes rebelles pour la jeunesse privée de droits.

Je clignai de l'œil.

Des habitants du coin prétendirent ne pas nous dévisager.

Et un manifestant lança une poignée de confettis sur les policiers. C'était hilarant. Le manifestant féminisait ces malabars gargantuesques; les douchant de délicats pétales de papier comme s'ils étaient des jeunes mariées effarouchées lors d'un mariage de campagne.

Les policiers restèrent de marbre. Ils étaient clairement mal à l'aise. Leur embarras semblait se transformer en ressentiment.

Mais ils ne bougèrent pas d'un poil.

D'autres activistes se joignirent à l'action. Ils firent tous pleuvoir des confettis sur les policiers.

Je me joignis aussi à l'action. Je lançai une poignée de confettis en l'air. Puis une seconde.

La frustration des policiers commença à s'accumuler. C'était possible de la voir dans leurs yeux, injectés de colère. Et c'était possible de la voir dans leurs auras, rouges de malveillance vicieuse. La lueur de l'arc-en-ciel créait un brouillard sanglant autour d'eux. Des feuilles rouges dansaient entre leurs bottes lustrées.

Mais ils ne bougèrent pas d'un poil.

Je leur lançai une troisième poignée de confettis. Puis une quatrième.

Un policier craqua. Juste comme ça! Ça se passa en un clin d'œil.

Ce policier ne put se retenir. Son instinct animal explosa sa retenue. Son corps se précipita vers moi.

Je reculai dans la foule des manifestants, qui formèrent un mur de protection entre l'agent et moi. Je fis une pause. J'étais prêt à tenir tête et à protester mon innocence.

— Fuis!!! cria Swampy.

« Fuis!!! » murmura ma petite voix.

— Fuis! Fuis! Fuis!

Je m'enfuis en courant.

Je courus dans la grand-rue. Je sautai par-dessus la jambe tendue d'un vieux héros d'un jour. Et je virai à droite dans un centre commercial sans âme.

Les lumières blanches brûlèrent mes rétines et une pointe déchira mes côtes.

Mais je continuai à courir.

Je continuai à courir malgré la douleur. Je continuai à courir malgré la futilité de tout ça. Je continuai à courir jusqu'à ce qu'un garde de sécurité sorte d'un magasin privé. Il me bloqua le passage. Il me domina de toute sa taille comme une girafe devant une fourmi. Et il serra les dents comme un taureau tourmenté.

Pas moyen de le contourner.

Je posai donc les mains sur mes genoux et inspirai à fond. L'air avec un goût salé.

Un policier me rattrapa, me menotta et m'escorta. Il me pavana devant le public de clients curieux et d'enfants pomponnés. Ils semblèrent tous se moquer de moi. Ils semblèrent tous me fixer des yeux.

Je me sentis malade. Physiquement malade! Mon estomac était rempli d'adrénaline. C'était un vaisseau d'acide amer. Un ballon de gerbe âcre. Un gobelet de saletés.

Je fus emmené à la station de police et enfermé dans une cellule.

Puis, quand dix heures se furent écoulées, je fus relâché. L'officier en charge me déclara que j'étais accusé d'avoir *'Agressé un officier de la loi'*. Et c'était tout!

Quinze activistes vinrent me récupérer dans un minibus qu'ils avaient loué. Ils étaient comme des rois mages; apportant des présents de bière glacée, d'encens et d'alcool. Ils me dirent de ne pas m'inquiéter. Tout irait bien. Et ils firent un geste obscène aux flics qui m'avaient arrêté.

Ça me remonta énormément le moral. C'était si bon de savoir que je n'étais pas seul. Il y avait d'autres gens comme moi dans le monde.

J'adorais l'esprit d'équipe de ces gens. Pour moi, ils étaient comme une gorgée de whisky un jour d'orage. Une couverture chaude lors d'une nuit glaciale. Une étreinte dans un moment de pure solitude.

Grâce à eux, je me sentais bien. Je me sentais super bien. Mais ce sentiment n'était qu'une sensation fugace. Ce n'était pas la libération ou l'illumination. Ce n'était pas l'euphorie. Et ce sentiment n'allait pas durer longtemps...

VINGT-TROIS

Après ça, je dus me présenter au tribunal trois fois.

Ma première comparution était pour le plaidoyer. Je plaidai 'Non coupable'.

Ma seconde comparution était censée être celle du procès lui-même. Mais il fut ajourné parce que la police n'avait pas fourni les enregistrements de vidéosurveillance à mes avocats.

Ma troisième comparution était également censée être celle du procès. Mais les policiers témoins ne prirent même pas la peine de se pointer! Ils s'étaient rendu compte qu'ils n'avaient pas de dossier contre moi. Et donc toutes les charges furent abandonnées.

Toute cette procédure fut véritablement casse-couilles. Une véritable guerre psychologique tordue. J'étais stressé de manière chronique.

Cependant, un point positif en ressortit.

Afin de pouvoir bénéficier des services d'un avocat, je dus demander une 'Aide juridique'. Et pour pouvoir obtenir l'aide juridique, je dus prouver que j'avais de faibles revenus. Et pour pouvoir prouver que j'avais de faibles revenus, je dus demander une 'Allocation de demandeur d'emploi'. Je demandai également une 'Allocation de logement' tant que j'y étais.

Avant ça, je n'avais jamais bénéficié d'allocations. J'avais toujours pensé que les allocations étaient pour les pique-assiettes et les flemmards. Je pensais que les gens devaient gagner leur pain plutôt que dépendre de l'état.

Pourtant, dans ces circonstances, je n'avais pas le choix. Et en fin de compte, je m'en sortais pas mal. Ces allocations financières signifiaient que je n'avais pas besoin de travailler. Elles signifiaient que je pouvais me concentrer sur mes véritables besoins.

Je cessai cependant mon activisme. Les manifestations politiques ne m'avaient pas aidées à atteindre l'état d'euphorie auquel j'aspirais. Je me demandai si ça valait tous ces efforts. Et je finis par conclure que ce n'était pas le cas. Ma petite voix me dit que toutes ces manifestations ne rendaient pas le monde meilleur. Et je savais qu'elles ne me rendaient pas heureux.

Mais j'aimais bien mes amis activistes, et je voulais rester en contact avec eux. C'était plus facile à dire qu'à faire. Je restai en contact avec Swampy, mais Becky me laissa tomber. Nous avions perdu la seule chose qui nous liait.

Ça me baissa le moral. Mais je ne changeai pas d'avis. J'étais sûr que l'activisme n'était pas la réponse à mes problèmes. J'étais convaincu que mes jours de manifestant étaient terminés.

J'avais goûté à quelque chose de mieux, quelque chose de plus pur, et j'étais déterminé à expérimenter ça à nouveau. J'étais concentré à cent pourcents sur cet objectif.

Mais, malgré tous mes efforts, je ne parvins tout simplement pas à atteindre les hauts que j'avais expérimentés. Et ça me rongea de l'intérieur. J'eus le sentiment d'être un échec. Je me sentis impuissant et mollasson.

J'étais misérable. J'étais déprimé.

Mais permettez-moi vous demander ceci; *'Quel genre de personne n'est pas déprimée, ces jours-ci?'*

Je pense que Jiddu Krishnamurti avait raison quand il a dit; *'Ce n'est pas un signe de bonne santé mentale que d'être bien adapté à une société profondément malade'*.

Et bien, je n'étais pas *'bien adapté'* à ma société. Je n'étais pas *'bien adapté'* du tout. Mais ma société était *'profondément malade'*. Elle avait perdu de vue la nature, l'humanité et elle-même. <u>Elle</u> me rendait malade.

J'étais malade. J'étais malheureux. J'étais déprimé.

J'avais le sentiment qu'indépendamment de tout ce que je pouvais faire, qu'indépendamment de tous mes efforts, je ne pourrais tout simplement pas trouver le bonheur. J'avais tenté de m'intégrer, mais ça ne m'avait mené nulle part. Ça n'avait pas rendu mes parents, mes professeurs ou mes patrons heureux. Et ça ne m'avait certainement pas rendu heureux. Je n'avais pas obtenu les promotions que je désirais. Je n'avais pas pu m'acheter un appart. Et je ne m'étais pas senti satisfait. Enfin, j'avais renié mon vrai moi. Comment aurais-je pu me sentir satisfait? Comment aurais-je pu être heureux?

Donc j'avais rejeté ma société, mais je ne m'étais toujours pas trouvé. J'avais trouvé un certain bonheur, mais pas le vrai bonheur. Pas le bonheur complet. Et, en attendant, j'étais devenu un marginal. Un paria. Rejeté par ma communauté. Séparé de ma famille. Et coupé de tous mes amis.

C'était cher payé. Je me sentais complètement seul. Complètement perdu. Complètement confus.

Ma petite voix, cette voix calme dans ma tête, me suggéra de chercher ailleurs les hauts auxquels j'aspirais. Et ainsi, après une longue délibération, je décidai de recourir à la dope.

Je commençai par des antidépresseurs. Des roses, des bleus, des jaunes. Tout ce que je trouvais, je prenais. Je les testai tous!

Je commençai par deux par semaine. Puis je me mis à prendre ces pilules tous les jours. J'en pris deux par jour. Puis quatre. Puis six.

Ces petites pépites de libération se frayèrent un chemin dans mes neurotransmetteurs. Elles firent comme chez elles; faisant le ménage de ma sérotonine et polissant ma norépinéphrine.

À chaque fois que j'avalais ces antidépresseurs, j'éprouvais un peu de félicité. Mon esprit se clarifiait et mon corps devenait léger.

Mais, hélas, cette félicité ne durait jamais. Et il y avait aussi les effets secondaires. Je souffrais de diarrhée et de constipation; d'insomnie et de somnolence; de migraines et d'étourdissements.

Je me sentais toujours insatisfait, tel un bateau ivre et solitaire. J'en voulais toujours plus. Je désirais toujours voler librement. Je désirais toujours entendre la Neuvième Symphonie de Beethoven emplir mes oreilles.

Je passai donc ensuite à la cocaïne. Et *oh là là!* c'était incroyable. C'était étranger à ce monde.

You-hou! Youpie! Yahou!

Lorsque je prenais de la cocaïne, la *joie de vivre* coulait dans mes veines. Un immense sourire se dessinait sur mon visage. J'oubliais tous mes soucis et je dansais toute la nuit.

Mais ce sentiment ne durait jamais non plus. Je devais sniffer un autre rail toutes les heures pour continuer à planer. Et malheureusement, je ne pouvais me le permettre.

Donc je jetai un coup d'œil en moi-même. Je m'interrogeai. Je remis en question mon existence. Je remis tout en question:

'Qui suis-je? Que suis-je? Qu'est-ce que je veux?'

'Qu'est-ce que je fous de ma vie, bordel?'

'Est-ce que je pense vraiment pouvoir trouver le bonheur dans ce monde amer et tordu?'

'À quoi bon essayer?'

'Pourquoi ne pas en finir?'

Pause. Inspiration. Expiration.

Relaxation.

Respiration.

Ce n'est pas facile pour moi d'écrire ceci, cher lecteur. Mais telles étaient mes pensées. Et donc j'ai le sentiment que c'est mon devoir de les inclure.

Oui, je pensais à mettre fin à mes jours. Voilà, c'est dit! Mais veuillez ne pas considérer ça mélodramatique ou morose. Ce n'est pas ainsi que je voyais les choses.

Je me disais que le suicide serait une bonne chose. Une excellente chose. Une libération de ce monde de souffrance. Une transcendance vers un royaume plus pur, libre des chaînes de cette existence basse.

Je prendrais le contrôle de ma vie. Je deviendrais le maître de mon sort. Je serais le capitaine de ma destinée.

Et je ferais les choses à ma façon. Ma façon! Comme lorsque j'avais saccagé mon école primaire. Et comme lorsque j'avais démissionné.

Je ne considérais pas le suicide comme un repli lâche; m'envolant loin de mes problèmes. Je le considérais comme une avancée courageuse; un pas dans l'inconnu. Ce n'était pas une admission de défaite. Non. C'était une victoire. Une victoire de l'espoir sur le désespoir, de la foi sur le doute, du choix sur la contrainte.

Et donc je fis mes recherches. Je lus tout ce que je pouvais sur le suicide. Sur comment se pendre, comment s'électrocuter, comment s'ouvrir les veines. Je vous épargnerai les détails morbides. Mais inutile de dire que je considérais sérieusement toutes ces méthodes.

Mes pensées divergèrent ainsi le long de deux tangentes opposées. D'un côté, je cherchais le haut ultime; la raison ultime de vivre. Et d'un autre côté, je cherchais le bas ultime; la mort.

J'étais une créature d'extrêmes. Même si je pense que vous le saviez déjà. Après tout, je vous ai déjà parlé de ma personnalité tout ou rien. Je suis du genre noir ou blanc.

Et pourtant, paradoxalement, ces deux extrêmes étaient convergents. Je cherchais mon 'tout' et mon 'rien', mon haut ultime et mon bas ultime, dans la même source: la drogue.

Durant les semaines et les mois qui suivirent, ma consommation de came monta en régime. Je ne prenais pas seulement de la cocaïne, je prenais une véritable ribambelle de substances psychotropes. Un véritable pot-pourri d'opioïdes et de stéroïdes; de pilules et de poudres; stimulants, tranquillisants et tout le reste.

Chaque nouvelle drogue m'emmenait un peu plus haut. Elles m'élevaient vers la zone d'ombre. Aux anges. Au septième ciel. Chaque nouveau fix me rapprochait de mon objectif.

Ces drogues allaient soit m'emmener au nirvana, soit me tuer. J'en étais sûr. Et ça ne me dérangeait pas.

Je voulais mourir. Je désirais la mort. Ma petite voix l'appelait jour après jour. Heure après heure.

Je voulais que ces drogues m'élèvent. M'emmènent jusqu'aux nuages dorés au-dessus. Et puis, à cet instant, je voulais qu'elles prennent ma vie. Qu'elles mettent fin à ma misère. Qu'elles m'emportent loin de ce monde de souffrance. Qu'elles m'apportent la paix éternelle.

Je pensais que ce serait glorieux. Je pensais que ce serait la panacée de mon existence sur terre. Mon illumination. Ma libération. Mon émancipation.

VINGT-QUATRE

Je rentrai dans mon studio solitaire et pendis mon lourd manteau au crochet.

Il goutta sur le sol effrité:

'Plic. Ploc. Plic. Ploc.'

Je m'assis sur ma seule chaise et regardai ma table minable.

Devant moi se trouvaient les fruits de jours passés à draguer les nombreux lieux de débauche de la ville. Les établissements peu recommandables où des personnages de Dickens trafiquaient avec tout l'esprit d'entreprise de la crème des hommes d'affaires de notre pays. Où vous pouviez vous procurer tout ce que vous vouliez, absolument tout, tant que vous étiez prêt à remplir d'or et d'argent en suffisance les poches de ces âmes folles. Et où la douce fragrance de la sueur, de l'industrie et de l'entreprise se mêlait à la puanteur amère du sang, de l'adrénaline et du foutre.

Sur ma minuscule table défoncée se trouvaient toutes les drogues que je m'étais procurées lors de ces incursions souterraines. Toute la coke, la colle et les amphétamines; champis, antidouleurs et hasch; mescaline, LSD et kétamine.

Je visais le haut ultime. Et j'étais prêt à en mourir. C'était gagner ou échouer. Tout ou rien. Je voulais être libéré et je me foutais de comment ça arriverait. C'était mon heure. Mon moment.

Des nuages gris consumèrent les derniers éclats de ciel bleu.

J'enfonçai le bouton 'play' de ma stéréo et attendit que la musique grave de la Neuvième Symphonie de Beethoven emplisse mes oreilles. Des délicates cordes de violon chantèrent la berceuse de mon extase. La grêle tambourina sur mes carreaux sales.

Je commençai par la coke. Je savais bien où m'en tenir avec la coke – c'était une vieille amie.

Une ruée chimique tranchante remonta mes narines. De minuscules grains de poussière à la saveur de levure chimique cascadèrent à l'arrière de ma gorge.

Mes yeux s'exorbitèrent. Mon corps chancela. Mes bras agirent comme des branches au vent; communiant avec la nature, communiant avec le temps.

La cocaïne me donnait toujours ce besoin incontrôlable de danser.

Je me remis debout. Je me balançai. Je dansai un tango à un seul homme.

La Neuvième de Beethoven semblait glorieuse tandis qu'elle montait crescendo. Des altos se joignirent aux violons et des violoncelles se joignirent aux altos. Les contrebasses se mirent à fredonner et les flûtes à siffler.

Je montai le son de ma stéréo. Puis je pris la mescaline, que j'avalai d'un coup avec une gorgée de bière rance.

J'avais voulu tester la mescaline depuis que j'avais lu l'essai d'Aldous Huxley, *Les portes de la perception*. Pour Huxley, la mescaline était un *'court-circuit toxique vers la transcendance du moi'*. Une porte vers des *'visions sacramentelles'* et une *'grâce gratuite'*. Une drogue spirituelle.

Huxley pensait que nous placions des camisoles sur nos cerveaux; que nous bloquions le royaume spirituel afin de nous concentrer sur le monde physique. C'est un mécanisme de défense qui nous aide à survivre sur terre.

Mais Huxley voulait s'affranchir de cette camisole de force auto-imposée. Il voulait transcender le royaume physique. Il voulait faire plus que simplement *'survivre'*.

Et Huxley n'était pas seul. Le peuple des Huichols au Mexique considère également la mescaline comme une drogue spirituelle. Ils l'utilisent pour guérir, développer leur force intérieure et découvrir de nouvelles prophéties. Les Amérindiens prennent de la mescaline depuis des siècles. Les militaires l'ont utilisée comme sérum de vérité.

Et donc, elle semblait être la drogue parfaite pour moi. Une échelle vers les cieux. Spirituelle. Révélatrice. Transcendantale.

Je pensais que c'était gagné.

Je sniffai deux autres rails de coke en attendant que la mescaline fasse effet. Je pris des antidouleurs. Et je mis la Neuvième de Beethoven en boucle.

Mon pouls décéléra.

Mon cœur accéléra.

Ma petite voix murmura:

« Beam me up Scottie. I control your body. We all rock fades, fresh faded in la-di-da-di. »

À l'orée d'une forêt je me tenais.

J'entendis des sirènes, des cuisiniers et des aides de camp chanter une berceuse. Je m'approchai d'eux. Je pris le mystère comme amante et élevai la lumière comme son enfant.

Aux portes de l'Atlantide je me tenais.

Je parlai au fils ressuscité de la Mer, le solstice du jour, qui annonçait des nouvelles des bleus de la Caspienne.

Et je courus vers les lumières, lançant l'amour sur les vents. Je courus vers les lumières de l'infinité; un disciple de sa vue, les roues tournaient.

Sous la surface de ma raison, je vis les rumeurs de l'homme antique. Il était vêtu de troubadours aux visages nuageux dans le ciel. La lune était ma maman. Le cyclone capta mon œil.

Je présentai des fleurs à mon côté féminin.

Elle coupa leurs tiges et les plaça doucement dans ma gorge.

Ma gorge!

Ça brûlait! Ça grattait! Ça piquait! Ça saignait!

La Neuvième Symphonie de Beethoven atteignit son apogée. Les cuivres entonnèrent leur cri de guerre. Les flutes firent corps avec les clarinettes. Les bassons retentirent. Les trompettes et cors glapirent de ravissement incontrôlé.

La sensation de brûlure s'estompa.

Et à cet instant je me sentis heureux. Vraiment heureux. Rêveur. En paix.

Un éclat de soleil se faufila entre les rideaux. Il illumina mon visage. Il illumina tout mon monde.

Je souris.

Je rayonnai littéralement!

J'inspirai un immense morceau de félicité pure!

J'eus l'impression d'être en route pour le haut ultime.

Et puis mon cœur accéléra; démarrant à vitesse dangereuse et terminant à une allure supersonique. Il était irrégulier, comme les cymbales à un concert de jazz. Il avait un rythme qui passait inaperçu, qui s'entrechoquait à un millier de battements par minute. Et il était électronique. Serré. Frénétique.

J'avais l'impression qu'une ceinture avait été bouclée autour de mon cœur à un cran impossiblement serré. De la lave bouillonnante déferla dans mes artères, une incandescence liquide jaillit dans mes veines, et des braises brûlantes roussirent les extrémités de tous mes capillaires.

Mes nerfs commencèrent à court-circuiter.

Mes vêtements saignèrent de sueur blanche.

Ma peau perdit toute couleur.

La Neuvième Symphonie exigeait la rédemption, la gloire et la libération. C'était un appel enflammé. C'était un cri empli de furie.

Chaque gramme de mon être hurlait pour être libéré. Libéré de la douleur. Libéré de la perdition. Libéré de la vie.

Les couleurs! Les couleurs étaient partout!

Je vis des enfants recouverts de poussière rouge danser les ombres. Je vis des plumes blanches descendre, garnies de l'annonce de ma ruine. Et je vis la fille ainée de l'obscurité au visage aqueux. Elle s'assit en position du lotus, du sang de bordeaux sur les mains.

Poséidon me donna une boule de lumière rose.

La rivière verte connaissait mon nom.

Le soleil était en moi. L'eau était sous moi. Mon estomac tourna comme une boussole. Je priai vers l'est et restai là, essoufflé.

La terreur me paralysa pendant deux heures entières. Ou peut-être trois. Peut-être plus. Le temps n'existait pas. Une horloge tiquait, mais juste pour se moquer d'elle-même. Ses aiguilles ne bougeaient pas. Son cadran était vide.

Et puis je persévérai.

J'étais si près! Si près du haut ultime. Si près de la fin.

Je saisis des pilules anonymes et les fourrai dans ma gorge.

Je sniffai de la colle.

Je voguai sur la mer infinie du néant. J'étais le cycle lunaire revisité. J'étais le fruit du ventre du soleil.

Je me lançai par-dessus bord, où j'entendis le mystère du contre-courant. Et je compris, que tout au fond, il n'y aurait plus de chaînes.

J'abandonnai souffle et nom, et je survécus en étant pluie.

J'étais monsieur météo.

Les nuages annoncèrent l'arrivée d'un orage.

Un buffle blanc naquit en courant.

J'écoutai attentivement.

J'entendis un bou

VINGT-CINQ

'Bip! Bip! Bip!'

Je tombais.

Je flottais.

J'étais un oiseau. Mes ailes étaient déployées. Elles planaient dans les volutes délicates de nuages enfumés. L'air caressait mes plumes. Le soleil alimentait mon vol.

'Bip! Bip! Bip!'

Je conduisais une voiture. Sauf que la voiture n'était pas une voiture, c'était un éléphant. J'étais assis à l'intérieur de l'éléphant, tournant le volant et regardant dehors par la bouche de l'éléphant.

'Bip! Bip! Bip!'

Un lapin animé se jetait sur moi, une dague couverte de sang à la patte.

'Bip! Bip! Bip!'

Je réalisai enfin que j'étais dans un lit d'hôpital. J'étais dans le coma. Inconscient. Incertain de ce qui était réel et ce qui était imaginaire.

C'était un coup déchirant à ma psyché.

Je n'étais ni haut, ni bas. Je n'avais pas atteint le nirvana, et je n'étais pas mort.

'Bip! Bip! Bip!'

J'entendis deux infirmières papoter.

— D'un côté, Steven est un amant génial. Mais d'un autre, Patrick m'aime vraiment.

'Bip! Bip! Bip!'

J'entendis de la musique.

J'entendis l'aspirateur.

J'entendis les infirmières parler à nouveau:

— C'est décidé. Il va falloir lui amputer les jambes.

'Bip! Bip! Bip!'

J'étais à une fête. Les invités étaient tous couverts de fumier. C'était frappant. Je pouvais même sentir ces excréments fétides. J'étais convaincu de vraiment y être.

'*Bip! Bip! Bip!*'

J'étais vendu à un atelier d'exploitation par un gang de trafiquants d'humains. Ils me forçaient à coudre des logos de marque sur des vêtements génériques, vingt-quatre heures sur vingt-quatre.

'*Bip! Bip! Bip!*'

Un Jésus stéréotypé s'approcha de moi. Il avait de longs cheveux bruns et une longue robe blanche. Il était entouré d'une teinte dorée.

— Je peux t'emmener au paradis, dit-il, mais seulement si tu es prêt.

J'étais sur le point de crier; « *Oui! Oui! Emmenez-moi! Emmenez-moi maintenant!* »

Mais je vis la tristesse dans le regard de mes parents. La tristesse était dans l'air. De petits insectes pleuraient. De minuscules larmes remplissaient des yeux.

Je m'interrompis pour penser. Je pensai à ma famille. À mes amis. À ma société.

J'y pensai pendant des heures. Des jours. Des semaines.

Mais ma résolution resta ferme:

— Emmenez-moi, Jésus, dis-je. Emmenez-moi loin de tout ça.

Jésus stéréotypé me regarda. Sa contenance était aussi douce que la laine d'agneau. J'avais le sentiment qu'il me souriait, même s'il n'y avait pas de sourire sur son visage. Je sentis son amour. Je sentis sa chaleur.

— Emmenez-moi loin d'ici, répétai-je.

Jésus stéréotypé secoua la tête.

— Désolé, répliqua-t-il. Ce n'est pas ton heure.

Il se leva. Il continua à s'élever. Il traversa le plafond. Et puis il disparut.

VINGT-SIX

'Bip! Bip! Bip!'

Ils disent qu'il fait toujours plus sombre avant l'aube. Ils disent que rien qui vaille la peine n'est facile. Ils disent énormément de choses, qui qu'*ils* soient.

Mais je comprenais ce qu'ils disaient. Je savais que changer ma vie serait difficile. Mais comme Lao-Tseu l'a dit; *'Un voyage de mille lieues commence toujours par un premier pas'*.

J'étais prêt à faire ce *'premier pas'*.

J'ouvris les yeux et sortis de mon coma.

Tout était blanc. D'une blancheur étincelante. Aussi stérile qu'un centre commercial. Et aussi pure que le premier matin de la terre.

Un ange en uniforme d'infirmière se tenait parmi cette blancheur. Elle n'était pas belle; elle était en surpoids, avec des mains rugueuses de travailleur et un visage buriné. Mais elle était jolie; sa peau était aussi noire que l'univers et ses yeux aussi blancs que les étoiles. Elle avait de l'allure. Elle possédait un certain goût de revenez-y. Une sorte de gravité qui m'attirait vers elle.

— Salut, 'Bel au bois dormant', dit-elle

Je clignai des yeux pour repousser le sommeil.

— Heu! oh, bafouillai-je. Hum. Salut.

L'infirmière sourit. C'était un sourire joufflu. Un sourire chaleureux; fracturé par les années et reconstruit par l'émotion pure.

— Bonjour, mon chou, dit-elle. Je m'appelle Betty.

— Betty? demandai-je d'une voix pâteuse.

— Infirmière Betty.

— Oh.

— Comment tu te sens?

— Salut, infirmière Betty.

— Salut, Yew.

— Vous avez un beau sourire.

— Merci.

— J'aime vraiment bien votre sourire.

— Merci. Comment tu te sens?

— Je sens la chaleur de votre sourire.

L'infirmière Betty gloussa.

— Et comment se sent ton corps? demanda-t-elle.

— Calme. Léger. Vide. Non-existent. Je ne sais pas. Je ne le sens pas.

— Tu as mal quelque part?

— J'ai si mal!

— Où?

— Dans mon esprit.

L'infirmière Betty inclina la tête. Elle ressemblait à l'empathie incarnée; avec des sourcils levés et des joues creuses. Elle me mettait à l'aise. J'imagine que c'est pour ça que je continuai:

— Je cherchais le nirvana, expliquai-je. Je cherchais la mort. Je cherchais la libération, n'importe quelle sorte de révélation. Et pourtant me voici, coincé dans le royaume matériel; ni éveillé, ni mort, ni libre. Et ça fait mal. Ça fait si mal!

C'était la première fois que je parlais à quelqu'un de mes sentiments. Et je le fis sans même y penser. Ma petite voix était restée complètement silencieuse. Ces paroles franchirent mes lèvres sans effort, comme de l'eau qui dégouline d'une feuille inclinée.

C'était juste. C'était bon. C'était comme si un immense fardeau avait été ôté de mes épaules.

Il y avait de l'amour dans les yeux de l'infirmière Betty.

Ses yeux étaient des tourbillons d'empathie translucide. Ils étaient des vortex de compassion irrésistible et d'humanité qui célébrait la vie.

— Pauvre petit, dit-elle.

Elle posa une main sur mon bras.

— Pauvre petit. On va te trouver de l'aide.

— Vous pouvez m'aider, répliquai-je. Je n'ai besoin de personne d'autre.

L'infirmière Betty crispa une de ses joues.

— Ça, je n'en suis pas sûre, répondit-elle. Je ne suis qu'une infirmière.

— Vous n'êtes pas *'que'* quoi que ce soit.

— Et bien, je ne suis pas formée pour t'aider de cette manière.

— Je me fiche des formations – tout ça, c'est du pipeau. Faites juste ce qui vous vient instinctivement. Faites la première chose qui vous vient à l'esprit.

La faible lueur de la prise de conscience dégoulina sur le visage de l'infirmière Betty.

— OK, dit-elle. OK, mon chou.

Elle retira un livre de son sac à main et me le tendit.

Je pris le livre, intitulé *'The Wisdom of Lao Tzu'*, et me mis à lire.

VINGT-SEPT

Avez-vous déjà vu un adulte jouer avec un jeune enfant? Ces personnes matures et raisonnables agissent souvent comme s'ils étaient eux-mêmes des enfants. Ils lâchent des bruits idiots, font des bêtises et donnent libre cours à leur imagination. C'est comme si l'enfant leur réapprenait à jouer; leur rappelant une compétence perdue depuis longtemps et les aidant à se reconnecter à leur propre enfant intérieur.

Et bien, j'expérimentai moi aussi un processus similaire grâce à l'infirmière Betty. Elle m'aida à me reconnecter à mon enfant intérieur.

Tout commença par une question délicate:

— Pourquoi voulais-tu mourir? me demanda-t-elle.

Je marquai une pause.

Un moineau chanta une chanson à son amante.

Je regardai dans les yeux profonds et empathiques de l'infirmière Betty. Ces yeux aussi blancs que les étoiles. Et puis je répondis:

— Parce que je ne peux pas être moi, dis-je. La société ne le permettra pas.

L'infirmière Betty se mordilla la lèvre.

— Je veux juste être libre. Libre des pressions sociales. Libre d'être moi-même. Mon vrai moi. Mon egot.

— Ton egot?

— Libre d'être moi. Libre d'écouter ma voix intérieure. Libre d'être heureux.

L'infirmière Betty hocha la tête.

— Tu veux jouer, n'est-ce pas, mon chou? demanda-t-elle.

Je haussai les épaules.

Mon corps était prêt mais mon esprit était confus. Je n'étais pas certain de savoir ce que l'infirmière Betty voulait dire par 'jouer'. Jouer, pour moi, signifiait participer à une activité structurée, comme s'entraîner à la salle de sport ou dîner dans un restaurant. Le genre de choses que les adultes faisaient lorsqu'ils avaient terminé le travail 'sérieux'. Je ne pensais pas au concept enfantin du jeu. Le besoin de participer à ce genre d'activité avait été dé-inculqué dès l'école primaire.

— Viens, continua l'infirmière Betty. Viens, viens, mon chou.

Elle m'aida à sortir du lit et me guida dans le couloir. Mais elle ne parcourut pas le couloir en marchant. Oh que non. Elle sautilla! Elle sautilla dans le couloir avec toute l'exubérance d'un enfant de cinq ans.

Et je la suivis! Cher lecteur, je me mis à sautiller dans le couloir! Ma petite voix me dit, *'Et puis zut!'* Et je sautillai pour la première fois depuis mon enfance. Je balançai mes jambes en avant et bondis dans l'air avec la gaieté de la jeunesse.

Nous sautillâmes ensemble, main dans la main, comme si nous étions dans une cour de récré.

Nous sautillâmes devant des médecins occupés, des patients malades et des visiteurs abasourdis.

Nous gloussâmes d'allégresse quand la porte coulissante s'ouvrit, comme par magie. Et nous courûmes sur l'herbe, où nous retirâmes nos chaussures et nos chaussettes.

Cette sensation de l'herbe sous les pieds nus! Cette magie naturelle! Cet élixir sacré!

Mes orteils furent massés par ces touffes vertes et veloutées. Mes plantes de pied embrassèrent cette douce carpette verte. Mes talons s'enfoncèrent dans ce tapis somptueux.

Mère Nature chatouilla mes pieds nus. La terre vivante caressa ma chair fatiguée. Les miettes des siècles absorbèrent ma peau squameuse.

Il se mit à pleuvoir.

Nous nous mîmes à danser.

Nous nous tînmes par la main et tournâmes en cercle, tandis que les larmes des anges célestes caressaient notre peau mortelle.

Cet élixir cristallin m'emporta ailleurs. C'était rafraîchissant.

Exaltant. Réel.

Mon cœur pompa.

La couleur revint à mes joues.

Ma petite voix applaudit de joie.

Et la pluie fit place à un arc-en-ciel enchanté.

Je le regardai bouche-bée. Je fixai cette chose des yeux, la bouche ouverte et les yeux émerveillés. Un émerveillement infantile. Un éblouissement béat.

Le violet était si vif! L'indigo si indulgent! Le rouge si réel!

Comme si je voyais un arc-en-ciel pour la toute première fois, sa vue m'emplit d'admiration. Il me sembla tout simplement si magique. Si mystérieux.

Vous vous rappelez sans doute que je m'étais déjà senti ainsi. Juste avant la bataille à l'épée avec le gros Smith, j'avais regardé par la fenêtre et éprouvé ces mêmes émotions. J'avais voulu chasser cet arc-en-ciel-là aussi.

Mais ça faisait des années que je n'avais plus éprouvé cette envie. J'avais considéré les arcs-en-ciel comme une chose prosaïque, un phénomène scientifique; facilement ignoré et facilement oublié. Le jour de mon arrestation, par exemple, je m'étais montré tout à fait inconscient de l'arc-en-ciel suspendu au-dessus de ma tête. Pour moi, à l'époque, il ne valait pas la peine d'être considéré.

Tout ça changea.

Je redécouvris mon sentiment d'émerveillement.

Mes yeux poisseux se délectèrent de la vue de cet arc-en-ciel. J'absorbai ces couleurs, avalai ces nuances floues et dévorai cette lueur brillante.

L'énergie retourna à mon être.

La santé revint à ma peau.

L'infirmière Betty me prit la main. Sa peau rugueuse caressa ma paume.

— Une famille d'elfes vit là-bas, dit-elle.

Je fus sur le point de rire. En effet, un gloussement de rire spontané flirta avec ma langue. Mais il ne franchit pas mes lèvres. Mon sens de l'émerveillement retrouvé l'avait écrasé, détruit et renvoyé.

À cet instant, je pouvais croire. J'avais retiré la camisole de mon esprit. Et j'étais prêt à voir le monde sous un tout nouveau jour. J'étais prêt à me libérer des contraintes de la raison et à m'offrir au monde des possibilités infinies.

— Ils vivent dans des cavernes géantes sous les racines de ces arbres, continua l'infirmière Betty. Ils portent des uniformes rouges et des chapeaux pointus. Et ils cuisinent des banquets élaborés avec les noix et les baies qu'ils cueillent.

— Ils préparent quel genre de plats?

— Oh, de tout, mon chou! De tout! Du gazpacho de canneberge. Du couscous de glands. Des tartes aux orties. Ils créent des tas de mets délicieux auxquels nous autres humains ne pourrions jamais rêver.

— Waouh! C'est génial!

— Pour sûr.

— On devrait aller leur demander une recette.

— OK. Allons-y!

L'infirmière Betty me guida dans un bosquet de grands arbres. De sombres sapins étendaient leurs bras noueux au-dessus de nos têtes. Des racines enchevêtrées pinçaient nos talons. Des feuilles rampaient sur nos jambes.

— Il faut appeler les elfes, me dit l'infirmière Betty.

Son visage raviné, buriné par les ans, était inondé d'innocence enfantine.

— Il faut les appeler comme ça: *'Elfy! Elfy! Où êtes-vous petits Elfy?'*

L'infirmière Betty posa les yeux sur moi. Son sourire joufflu illumina son visage. Elle gloussa avant de continuer:

— Allez, à ton tour, mon chou.

Je hochai la tête. Et, comme un adulte suivant l'exemple d'un enfant, je perdis complètement mes inhibitions.

J'appelai ces elfes! Je leur chantai une chanson. Je les cherchai dans les sous-bois. Et puis je vis quelque chose foncer dans les broussailles, et je criai *'Elfy! Elfy! Elfy!'*

J'étais convaincu que c'était un elfe. Il n'y avait aucune preuve pour soutenir cette affirmation, mais j'y croyais. J'y croyais vraiment!

Nous célébrâmes. Nous applaudîmes. Nous continuâmes à applaudir. C'était si bon de claper des mains.

Nous nous étreignîmes. De l'électricité passa entre nous. Ce contact humain était comme un immense morceau de félicité.

Et nous rîmes. Nous rîmes tout haut. Nous pouffâmes. Des rires de ventre suivirent des rires de ventre. Des esclaffements tonitruants nous renversèrent. Et des rires à gorge déployée nous forcèrent à nous rouler par terre.

C'était incroyable.

Nous rîmes et rîmes de plus belle. Nous rîmes pour le plaisir de rire. Nous sourîmes pour le plaisir de sourire. Et nous hurlâmes pour le plaisir de hurler:

'Aouuuuh! Aouuuuh! Aouuuuh!'

Un loup répondit en hurlant.

Un oiseau chanta de concert.

Un lapin dansa.

Un arbre s'agita.

Un arc-en-ciel sourit.

VINGT-HUIT

Tous les matins et tous les après-midi, l'infirmière Betty m'emmena jouer, folâtrer dans l'environnement naturel. Nous parlâmes du Père Noël, de la petite souris et des gnomes qui s'animaient la nuit. Nous chantâmes au vent. Et nous dansâmes sous la pluie.

Cette dame merveilleuse m'aida vraiment à me reconnecter à mon enfant intérieur.

Mais mon enfant intérieur n'était encore qu'un enfant. Je devais l'élever. Je devais l'aider à se développer en adulte intérieur à part entière.

Mais j'ignorais comment faire.

Puis j'écoutai la chanson 'Get Educated' d'Akala. (La chanson qui passait quand j'avais été arrêté). Vous vous souvenez peut-être des paroles, que j'ai inclues au début de ce livre.

Quoi qu'il en soit, cette réplique me fit réfléchir:

'Forget what they told you in school. Get educated!' ('Oubliez ce qu'on vous a dit à l'école. Éduquez-vous!')

J'avais écouté cette chanson des centaines de fois, mais ces paroles ne m'avaient jamais frappé. Pas avant cet instant.

À cet instant, tout me sembla clair. Tout avait un sens. Je réalisai que mon ressentiment envers l'école n'était pas né de l'éducation que j'y avais reçue. Je reconnaissais l'importance d'apprendre à lire et à écrire, à additionner et à soustraire. Non, mon ressentiment était né de mon endoctrinement. Je m'étais rebellé contre ça, bien sûr que je m'étais rebellé contre ça, mais je ne m'étais jamais rebellé contre l'éducation elle-même.

'Beep! Bop! Beep!

'I ain't saying play by the rules. Get educated!' ('Je ne vous ai pas dit de jouer le jeu. Éduquez-vous!')

Par cette seule réplique, Akala m'aida à réaliser que l'éducation pouvait être rebelle. L'éducation pouvait être la forme de rébellion la plus pure. Elle pouvait être l'insurrection pure et dure!

Et pour cette raison, elle pouvait être libératrice:

'Beep! Bop! Beep!'

'Break the chains of their enslavement. Get educated!' (*Brisez les chaînes de leur asservissement. Éduquez-vous!*)

Je réalisai que j'allais devoir m'éduquer. M'éduquer vraiment. J'allais devoir m'éduquer moi-même.

Donc je demandai à l'infirmière Betty de me procurer quelques livres de la bibliothèque. Et quand ces livres arrivèrent, je me plongeai dans leurs douces pages moisies. Je lus tout ce que je pus sur les concepts psychologiques dont je vous ai déjà parlé.

Je lus au sujet du syndrome du déficit de nature. Et je réalisai que je n'étais pas seul. Que c'était naturel de se sentir piégé lorsqu'on était forcé à rester assis dans une salle de classe étouffante ou un bureau sans âme. Que des enfants et des travailleurs du monde entier éprouvaient la même chose. Qu'ils auraient également préféré rester dehors, dans leur environnement naturel.

Je lus au sujet de l'expérience de Stanley Milgram, ce qui m'aida à comprendre ma soumission à l'autorité.

Je lus au sujet du travail de Solomon Asch, ce qui m'aida à comprendre comment la pression de mes pairs m'avait affecté.

Et je lus au sujet du biais de l'optimisme, ce qui m'aida à comprendre pourquoi j'avais persévéré, même quand c'était irrationnel de continuer.

Mais c'est la découverte du conditionnement opérant qui m'affecta le plus. Ce fut une véritable révélation. Elle m'aida à comprendre comment mon directeur, mes instituteurs et mes parents avaient tous comploté pour me façonner. Comment leurs punitions et leurs récompenses m'avaient poussé à renier mon vrai moi, à tuer l'egot et à emprisonner mon enfant intérieur.

Cela, me semblait-il, était la source de tous mes problèmes.

Et donc je conclus que j'allais devoir recommencer à partir de là. J'allais devoir annuler les effets néfastes de mon conditionnement opérant. J'allais devoir ressusciter l'egot.

Mais, cher lecteur, c'était plus facile à dire qu'à faire. Oui, j'avais redécouvert certaines de mes facultés enfantines d'innocence, d'émerveillement, d'admiration, de joie, de sensibilité et d'entrain. Mais je n'avais pas réécrit l'histoire. La vérité était que l'egot avait été renié, négligé, décrié, abandonné et rejeté pendant de très nombreuses années. Il avait été enterré sous la terre de la pression sociale. Son corps était devenu poussière.

Je tentai de le persuader de réexister. Honnêtement, c'est ce que je fis! Je fermai les yeux à fond, plissai les lèvres fermement et concentrai toute mon énergie vers mon cerveau. Je me focalisai sur l'image mentale de l'egot. J'appelai l'egot. Je priai même pour le retour de l'egot. Oui, vous m'avez bien entendu. Moi, Yew Shodkin, qui n'avait jamais prié volontairement pour quoi que ce soit dans ma vie, était en train de prier pour l'egot!

Mais, hélas, ça ne fit pas la moindre différence. L'egot était parti et ne reviendrait pas. J'allais devoir continuer sans lui.

Et bien, étant parvenu à cette conclusion assez triste, j'en revins au livre de Lao-Tseu de l'infirmière Betty. Et, plongé dans ses pages très consultées, je trouvai l'inspiration. Je trouvai l'espoir. Je trouvai une orientation.

Les paroles de Lao-Tseu me parlèrent vraiment. Elles vibrèrent sur ma longueur d'onde naturelle.

Comme cette réplique, par exemple; *'En laissant aller, tout se fait comme il se devrait. Le monde est gagné par ceux qui le laissent aller. Mais lorsque vous essayez encore et encore, tout devient difficile à gagner'.*

Je n'avais jamais entendu de paroles plus véridiques!

Je réalisai que j'avais passé toute ma vie à essayer. À essayer encore et encore et encore. À essayer d'être l'élève que mes professeurs voulaient que je sois. À essayer d'être le fils que mes parents désiraient. À essayer d'être l'employé que mes patrons exigeaient. À essayer de réussir, essayer d'être le meilleur, essayer de gagner des récompenses. À essayer d'obtenir une promotion, une augmentation de salaire et acheter mon propre chez moi.

Ça n'avait pas fait la moindre différence. J'avais '*essayé encore et encore*' mais '*tout était devenu difficile à gagner*'.

Ce mythe sur lequel notre société est bâtie, affirmant que '*Vous pouvez tout obtenir tant que vous essayez*', me semblait à présent complètement absurde. Au mieux, c'était une illusion et au pire, c'était une imposture délibérée pour tous nous pousser à travailler pour le système.

Pour moi, Lao-Tseu avait raison. Je m'en rendais bien compte. Je réalisais que je devais '*laisser aller*'. Ou, comme Lao-Tseu l'avait dit, je devais tâcher de '*me montrer simple, rester naturel, réduire l'égoïsme et avoir peu de désirs*'. Parce que '*Celui qui sait qu'assez c'est assez, en aura toujours suffisamment*'. Il '*gagnera le monde*'.

VINGT-NEUF

— Allez, mon chou, dit l'infirmière Betty.

La lumière d'un lampadaire se réverbérait sur sa peau noire de jais. La brise matinale caressait les rides de son visage buriné.

L'infirmière Betty posa mon unique sac, celui qui contenait tous mes biens en ce monde, dans le coffre grinçant de son vieux tacot rouillé. Elle glissa la clé dans le contact, la força à tourner et s'adossa à son siège poussiéreux.

Le tas de ferraille rugit en s'éveillant. Il trembla de gauche à droite. Il vibra d'avant en arrière. Et puis il bondit en avant.

Nous roulâmes au pas dans le dédale des rues de la ville; dépassant des bâtiments gris, des cieux gris et des gens gris. Et bien que nous dussions freiner et attendre à une série sans fin de feux rouges, nous avions l'impression de faire de vrais progrès. Nous avions l'impression de nous libérer de l'emprise robotique de la ville.

Nous arrivâmes enfin. Nous atteignîmes enfin une terre de verdure naturelle. Une terre que vous pourriez appeler la 'campagne' ou 'l'étendue sauvage', mais que je préfère appeler 'l'habitat naturel'.

Nous serpentâmes le long de chemins pittoresques enfermés entre d'antiques murs de pierre. Nous dépassâmes des champs d'herbe et des arbres plus vieux que le temps. Nous glissâmes sur des pistes boueuses aussi gluantes qu'une crème glacée nappée de chocolat fondu. Et nous ondulâmes entre des ruisseaux aqueux.

L'air avait le goût de la liberté. L'herbe avait l'odeur de la vie. Les oiseaux chantaient l'amour.

L'infirmière Betty chanta avec les oiseaux. Et je suivis son exemple! Nous chantâmes aussi fort que nous le pouvions. Un air succulent remplit nos poumons et un rythme doux emplit nos âmes. J'avais le sentiment d'être libre. J'avais le sentiment d'être comblé.

Cher lecteur, je dois vraiment saisir cette opportunité pour mentionner à quel point j'étais reconnaissant de l'aide de l'infirmière Betty ce jour-là. Elle n'y était pas forcée. Elle n'était pas de service. Mais elle m'aidait néanmoins.

Mon Dieu, j'aimais cette femme! Je n'étais pas *amoureux* d'elle. Je ne désirais pas son corps. Je n'éprouvais aucun sentiment romantique envers elle. Mais je ressentais un genre d'amour pur et désintéressé pour l'infirmière Betty. Un genre d'amour bienveillant. Le genre d'amour que les Grecs de l'Antiquité appelaient 'agapè'.

Quoi qu'il en soit, l'infirmière Betty quitta la route et zigzagua dans un bosquet aromatique d'arbres dansants.

Nous arrivâmes devant une clairière; une trouée aussi fraîche qu'une aube couverte de rosée. Elle était luxuriante. Elle était accueillante.

J'inspirai. Et je levai les yeux vers mon nouveau foyer.

Pour vous, cher lecteur, cette cabane abandonnée aurait pu ressembler à un taudis. Un simple tas de pierres. Mais à mes yeux, c'était le paradis. C'était un rêve. Elle avait quatre murs de pierre, des tas de bois et une abondance de nature.

Ma petite voix lâcha un énorme soupir de contentement.

J'avais enfin l'impression d'avoir trouvé ma place.

Comme Lao-Tseu l'a dit; *'La carrière d'un sage est de deux sortes: soit il est honoré de tous dans le monde, comme une fleur agitant sa tête, soit il disparaît dans la forêt silencieuse'*.

Et bien, j'avais trouvé ma *'forêt silencieuse'* et j'allais y *'disparaître'*.

Je ne l'ai plus quittée depuis.

TRENTE

L'infirmière Betty me dit *'Au revoir'* et je me mis au travail.

Je réparai le toit en utilisant le bois empilé contre un des murs extérieurs, et je construisis un petit poêle en utilisant les gravats et pierrailles qui traînaient un peu partout. Cette hutte devint une maison. Elle devint plus qu'une maison. Pour moi, c'était un palace, un refuge et un sanctuaire.

La pluie ruisselait à l'intérieur d'endroits dont je ne réalisais même pas l'existence. Le vent sifflait. Il se tordait et tourbillonnait. Mais ça ne me dérangeait pas. J'avalai la pluie avec enthousiasme. Et j'aspirai cet air sucré et sirupeux.

J'admirai le tout et souris.

Quelle merveille! Quelle beauté! Quelle grâce!

J'avais enfin le sentiment d'avoir trouvé ma place. D'avoir trouvé mon état naturel.

Toute ma vie se mit à fluctuer au rythme de la nature.

Comme Lao-Tseu l'a dit; *'La nature fait les choses sans se presser, et pourtant tout est accompli'*.

Et bien, je ne me *'pressai pas'*. Chaque jour, je faisais quelques améliorations à ma cabane. J'en faisais un petit peu ici et un petit peu là. Et, avec le temps, *'tout fut accompli'*.

Je construisis une table et des chaises en utilisant du bois de récupération. Je bâtis des gouttières pour récolter l'eau de pluie. Je creusai une toilette naturelle. Et je fabriquai une petite éolienne qui alimentait ma lampe.

L'infirmière Betty m'apporta un matelas et quelques graines.

Je mis les dernières touches à ma maison avant de me mettre au travail dans la clairière, où je plantai toutes les graines que je pensais pouvoir cultiver.

Je fis pousser de succulents légumes verts, des légumes croustillants et des tomates rebondies; des baies vives, des arbres fruitiers avides et des légumineuses copieuses.

J'appris à survivre par moi-même. À transformer le bois en feu, le blé en farine et les plantes en potions. À chercher de la nourriture; à reconnaître les baies et champignons comestibles. À sécher les noix, torréfier le café et transformer le riz. À fumer, lyophiliser, saler et saumurer la nourriture fraîche. Et à pratiquer des exercices spirituels comme la méditation et le yoga.

Toute ma vie était naturelle. Toute ma vie était entrelacée avec la nature.

La nature me nourrissait. La nature me libérait. Et la nature me permettait de rester sain d'esprit.

Permettez-moi de vous expliquer...

Vous rappelez-vous que j'éprouvais le sentiment d'être piégé à l'école, juste avant ma bataille à l'épée avec le gros Smith? Voici ce que j'écrivis:

'J'étais coincé à l'intérieur, et la nature suffocante de l'école commençait à me taper sur le système. Je suis un oiseau, voyez-vous; je dois voler librement. J'ai besoin d'espace et de liberté... Mais j'étais là, forcé à rester assis à mon pupitre; emprisonné entre quatre murs insensibles et esclave de l'autorité omnipotente de mon maître... Je ne me sentais tout simplement pas naturel. Quelque chose n'allait pas chez moi.'

Et bien, c'était le sentiment récurrent qui ne me lâchait plus, comme une sangsue sur une veine gorgée de sang, depuis l'époque de ma jeunesse. C'était un sentiment lancinant. Une pulsation omniprésente qui refusait de me laisser tranquille.

Mais, cher lecteur, ce sentiment me quitta lorsque j'allai vivre dans les bois.

Ma clairière me permit de 'voler librement'. Elle me donna 'espace et liberté'. Elle me libéra des 'quatre murs insensibles' de mon école et de 'l'*autorité omnipotente*' de mes supérieurs.

Les arbres qui m'entouraient n'étaient pas des murs. Ils étaient poreux. Les espaces entre eux étaient des portes vers un pays des merveilles en constante évolution. Un pays des merveilles qui m'émerveillait jour après jour.

Et je n'avais pas de patron.

Mais j'aurais menti en disant que je devins mon propre patron, mon propre maître. Je ne me patronisais pas. Je ne me maîtrisais pas. Je ne me disais pas quoi faire.

Je fusionnai simplement avec la nature.

Je me levais avec le soleil. Je planais sur la brise. J'inspirais le temps. Et j'expirais l'espace.

J'embrassais le silence, qui n'était interrompu que par un réveil que je ne pouvais localiser:

'*Bip! Bip! Bip!*'

L'egot ne revint jamais. Et j'en fus reconnaissant. Je n'avais plus besoin de lui. Je n'avais plus besoin de *moi*. Je perdis ma perception de moi; ce sens d'identité, d'individualité, que j'avais tant désiré en étant jeune.

Ma petite voix se tut.

Je ne me considérais plus comme un individu; une entité distincte séparée du monde. Je me considérais comme faisant partie d'un tout bien plus vaste. Une goutte dans l'océan, inséparable de l'océan lui-même. Une étoile dans une galaxie infinie. Unie. Indivisible. Un.

J'étais la nature et la nature était moi.

J'étais un oiseau, un animal et un insecte.

J'étais un arbre dansant.

J'étais un arbuste entortillé.

J'étais un ciel étoilé.

J'étais un dôme infini d'azur pur.

Mais, cher lecteur, je n'étais pas seul. Non.

L'infirmière Betty me rendait visite tous les quelques mois. Occasionnellement, elle m'apportait des choses dont elle pensait que j'aurais besoin. Elle ne me demandait jamais rien en retour. Elle était généreuse jusqu'à l'os.

Lors d'une telle occasion, elle m'apporta une chienne, 'Cloudy'; un vieux labrador mièvre qui avait été abusé par son ancien propriétaire. Cloudy devint ma meilleure amie. Je pris soin d'elle comme si elle était mon seul enfant. Elle devint l'exutoire parfait de mes besoins altruistes. Et, comme moi, elle était revigorée par notre entourage naturel.

Quelques mois après ça, nous fûmes rejoints par un chat roux. Je l'appelai 'Betty'. Je n'ai jamais su d'où sortait Betty. Elle s'était pointée et avait tout simplement décidé de nous adopter. Elle était la bienvenue – nous appréciions sa compagnie. Nous l'apprécions toujours. C'est un chat étrange. Elle est heureuse de consommer une alimentation végétarienne. Et elle passe des heures sous la pluie sans broncher. On dirait qu'elle médite. Mais bon, je suppose que la plupart des chats sont étranges, quand on y pense. J'imagine qu'ils ont une double personnalité. Ils hésitent entre se considérer chasseurs ou proies; entre être culottés et téméraires ou nerveux et craintifs.

Les oiseaux qui nous accompagnaient n'étaient pas aussi confus. Perchés sur leurs branches, ils chantaient sans modération. Je me joignais à eux. Cloudy aussi.

Occasionnellement, un lièvre sautillant ou un lapin bondissant nous rendait visite. Nous vîmes des renards et des écureuils, des blaireaux et des serpents. Nous vîmes même un paon.

Alors, j'avais tout ce que je voulais et plus. J'avais nourriture et abri. J'avais des compagnons. J'avais la paix.

Et, en créant une telle vie, je pense que j'élevais mon enfant intérieur.

Encore une fois, permettez-moi de vous expliquer…

J'ai commencé ce livre en vous régalant d'une histoire durant laquelle ma maîtresse, Mme Brown, parlait de sauvages:

'*Un sauvage est comme un animal,* avait-elle dit. *Il ne porte pas de vêtements, ne vit pas dans une maison, n'étudie pas et ne travaille pas. Il satisfait ses besoins les plus primaires; manger, boire et se reproduire… Il n'a aucune ambition… Il fait le strict nécessaire pour survivre. Et il passe la plupart de son temps à dormir ou à jouer.*'

Et, peut-être vous en souvenez-vous, ça m'avait vraiment parlé. Voici ce que j'écrivis:

'*C'était comme si j'étais tombé sur une espèce de super-humains. À mes yeux, les sauvages ressemblaient à des dieux. Je sus immédiatement que je voulais être l'un d'entre eux. Je n'avais jamais été aussi sûr de quoi que ce soit dans ma vie.*'

Ayant découvert l'existence de ces sauvages, j'écoutai l'egot pour la toute première fois. Et je me déchaînai, me prenant pour un tel sauvage.

Bien sûr, je n'étais pas vraiment un sauvage. Mais ce qui était vrai alors l'était également lorsque j'emménageai dans les bois. Je voulais manger et boire et dormir. Je voulais jouer. Mais je ne voulais pas travailler. Je ne voulais pas être emprisonné par les chaînes de l'ambition futile.

Pendant des années, j'avais oublié ces besoins très réels. Pendant des années, j'avais pourchassé de faux objectifs qui m'avaient été imposés par d'autres.

J'avais trimé dans des boulots que je n'avais jamais vraiment voulus, sans réaliser à quel point c'était contre-productif. Comme Lao-Tseu l'a dit; '*Peut-on conserver plein ce qui veut déborder? Le tranchant aiguisé ne peut que s'émousser*'.

J'avais cherché les promotions, sans réaliser qu'une position de gérant ne m'aurait jamais satisfait. Comme Lao-Tseu l'a dit; '*Celui qui*

*conduit les hommes est fort. Mais celui qui se maîtrise lui-même détient
la vraie puissance'.*

Et j'avais désiré une augmentation de salaire, sans réaliser que
l'argent ne m'aurait pas rendu riche. Comme Lao-Tseu l'a dit; *'Celui qui
se contente de ce qu'il a est le vrai riche'.*

Et pourtant j'étais là, dans ma clairière, à vivre comme un sauvage.
Ou plutôt devrais-je dire que je vivais comme un 'être humain naturel'.
(Parce que 'sauvage' est un terme si péjoratif).

J'avais élevé mon enfant intérieur. Je lui avais donné tout ce qu'il
avait toujours voulu; des choses comme la liberté, l'espace et la nature.
Et je l'avais libéré des choses dont il n'avait pas besoin; des choses
comme le travail, l'ambition et la cupidité.

J'avais été une chenille, mais j'étais devenu un papillon.

J'avais été une graine, mais j'étais devenu une fleur.

Mon enfant intérieur s'était développé en mon adulte intérieur.
J'étais devenu moi-même. Mon vrai moi. J'étais devenu un.

ÉPILOGUE

Cela fait sept ans que j'ai emménagé dans les bois, et mon temps passé ici m'a donné l'opportunité de réfléchir. De juger ma situation objectivement. Et, bien que je ne puisse pas dire que j'aie tiré de conclusions concrètes, j'ai bien quelques réflexions que j'aimerais partager avec vous, cher lecteur, avant que nos chemins se séparent. J'espère que ces divagations sans queue ni tête vous donneront matière à réflexion.

En repensant à mes premières années ici, il serait juste de dire que j'ai été heureux. Plus heureux que je ne l'avais jamais été auparavant. J'éprouvais une véritable félicité, comme j'espère vous l'avoir manifesté dans le chapitre précédent.

Cette félicité résultait de deux facteurs distincts:

Le premier facteur était positif. J'avais trouvé un rythme naturel. J'étais en communion avec la nature; à la fois indépendant et interconnecté, un tout et une part d'un tout plus important.

Le second facteur était négatif. J'avais échappé à une société autoritaire, remplie de pressions écrasantes et d'attentes exagérées. J'avais l'impression qu'un poids colossal avait été ôté de mes épaules fragiles.

Et bien, il serait également juste de dire que je me sens toujours en communion avec la nature. Je me lève toujours avec le soleil, vis de la terre et fluctue au fil des marées terrestres de la nature.

Mais je serais négligent en ne mentionnant pas que l'euphorie de ma libération s'est estompée. Il est vrai que je ne ressens plus ce poids sur mes épaules. Mais je n'éprouve plus le soulagement éprouvé quand ce poids a disparu. Je ne me sens pas émancipé. Je ne ressens pas grand-chose.

Peut-être qu'à ce stade, je devrais mentionner un autre proverbe de Lao-Tseu (j'espère que mon obsession envers cet homme ne vous a pas barbée):

'En vivant, vivez humblement. En pensant, restez simple. En situation de conflit, faites preuve de largesses. En gouvernant, ne tentez pas de contrôler. En agissant, faites ce qui vous plaît. En famille, soyez complètement présent.'

Et bien, je vis certainement humblement et ma vie est simple. J'apprécie mon travail, si on peut appeler ça du 'travail'. Je ne connais aucun conflit et je n'ai jamais gouverné. Donc je coche cinq des six cases de Lao-Tseu.

Mais suis-je complètement présent dans ma vie de famille? Clairement pas! Je ne pourrais en être plus absent.

Ma famille vit dans mon quartier d'enfance. Je vis ici dans cette forêt. Des kilomètres nous séparent, mais ça pourrait aussi bien être des galaxies entières. À mes yeux, c'est comme si nous vivions sur des plans séparés.

Ce qui soulève une autre question; *'Peut-on vraiment être heureux, éternellement, en vivant dans la solitude?'*

Peut-être que d'étranges individus le peuvent. Mais nous autres humains sommes des êtres sociaux. Nous avons besoin de compagnie. Nous avons besoin d'amour.

J'avais été poussé à choisir entre ma société et moi-même. J'avais choisi moi-même. Et je ne le regrette pas une seule seconde. J'aurais juste aimé être né dans un monde où ce choix n'était pas nécessaire. J'adore la petite société que j'ai créée ici. J'adore passer du temps avec mon chien et mon chat. J'adore voir l'infirmière Betty lors des rares occasions où elle me rend visite. Mais j'éprouve toujours l'envie de vivre dans une bonne société humaine; une société qui peut m'accepter tel que je suis.

J'adore les chants d'oiseau qui donnent une sérénade à tous mes sauts, bonds et sautillements. Mais je désire toujours entendre l'harmonie inimitable du rire humain. Le son chaleureux et sans retenue de l'allégresse d'une autre personne. L'étreinte réconfortante d'un autre, le tambourinement animé d'une conversation joyeuse, et la mélodie rauque qui accompagne un repas partagé.

J'adore le charme douillet d'une nuit froide et l'étreinte mélancolique d'un jour humide. J'adore ma connexion à la nature. Mais la nature peut être si impitoyable! Parfois, les conforts d'une maison bien construite me manquent. Une maison qui ne devient pas insupportablement chaude ou froide, trempée ou renfermée. Une maison pourvue d'un bain ou d'une douche ou d'une bonne collection de livres.

Parfois, je me demande, *'Est-ce vraiment ce que tu veux?'*

Et je ne peux répondre à cette question. Je ne sais pas. Je ne sais pas. Je ne sais tout simplement pas.

Alors posons une autre question à laquelle je peux répondre; *'Ai-je atteint l'illumination?'*

La réponse à cette question est 'non'. Je le sais avec certitude. Je n'atteindrai peut-être jamais l'illumination. Je ne suis même pas sûr que 'l'illumination' existe. (Mais si elle existe bien et que je l'atteins, je m'assurerai de vous le faire savoir.)

Une troisième question; *'Ai-je vécu une expérience extracorporelle, durant laquelle Beethoven jouait et je m'émancipais?'*

Malheureusement, je dois répondre 'non' une fois de plus. En fait, je commence à douter de cet épisode. La mémoire peut jouer des tours; ajoutant une nuance dorée aux évènements du passé, et insufflant une teinte magique qui n'a jamais existé aux expériences de tous les jours. Peut-être ne me suis-je jamais émancipé de mon corps. Peut-être étais-je simplement ivre du doux élixir de la rébellion; intoxiqué par ma libération temporaire et planant à la découverte d'une vie meilleure. Je ne sais pas. Je ne sais tout simplement pas. Vous devrez le décider par vous-même.

Et à présent, une dernière question avant notre séparation; *'Suis-je heureux?'*

La réponse à cette question n'est pas si limpide. Peut-être est-ce 'oui', peut-être est-ce 'non'. Qui sait? Allez, qu'est-ce que le 'bonheur', de toute manière?

Je suis heureux la plupart du temps. À certains moments, j'éprouve une sorte de félicité extrême et universelle. À d'autres, j'éprouve une sorte de bonheur plus subtil qui peut durer de nombreux jours. Je me sens toujours en communion avec la nature. Mais je me sens également détaché de la société humaine.

Parfois je me sens triste. Parfois je me sens seul.

Tout ce que je sais, c'est que je suis plus heureux que je ne l'ai jamais été. Je vibre à ma fréquence naturelle. Je me sens calme. Mon esprit est au repos.

Et, pour moi, ça devra être suffisant. C'est la vie que j'ai choisie. Elle pourrait être meilleure, mais elle pourrait être pire. Je fais les choses à ma façon, et c'est ce qui me paraît juste.

Mais ça ne devrait pas être une grande révélation; une sorte de vérité philosophique profonde. Et ça ne devrait pas non plus être une leçon. Je vous prie, cher lecteur, de ne pas suivre mes traces. Vous devez suivre votre propre chemin dans la vie. Vous devez découvrir ce qui est bon pour vous. Et personne, ni vos parents, ni vos professeurs, et certainement pas moi, ne peut vous dire comment y parvenir. Vous êtes, cher lecteur, votre meilleur enseignant. Votre expérience personnelle vous donnera les meilleures leçons que vous puissiez recevoir.

Comme Lao-Tseu l'a dit; *'L'oie des neiges n'a pas besoin de se baigner pour se rendre blanche. On n'a pas non plus besoin de faire quoi que ce soit pour être soi-même… Au centre de votre être vous avez la réponse; vous savez qui vous êtes et vous savez ce que vous voulez'*.

Et sur ces paroles sages, nous devons à présent faire nos adieux.

Adieu, cher ami!

Parcourez votre chemin le mieux possible.

Soyez la personne que vous êtes censé être.

'Bip! Bip! Biiiiiiiiiiiiiiiiiiiiiiiiiip!'

OCCUPÉ

« Une œuvre de fiction littéraire unique » - **The Examiner**

« Plus sombre que 1984 de George Orwell » **- AXS**

« Une œuvre inclassable » **- Pak Asia Times**

« Sincère et troublant » **- Free Tibet**

« À ne pas manquer » **- Buzzfeed**

CERTAINS VIVENT SOUS L'OCCUPATION.

CERTAINS S'OCCUPENT EUX-MÊMES.

PERSONNE N'EST LIBRE.

Entrez dans un monde à la fois magiquement fictif et incroyablement réel, relatant les vies de Tamsin, Ellie, Arun et Charlie; un réfugié, un natif, un occupant et un migrant économique. Observez-les grandir durant un passé insouciant, un présent ordinaire et un futur dystopien. Et attention les yeux!

Inspiré par l'occupation de la Palestine, du Kurdistan et du Tibet et par l'occupation des corporations de l'Occident, « Occupé » est un aperçu terrifiant d'une société qui nous est un peu trop familière pour être confortable. Une œuvre de fiction littéraire véritablement unique...

INDIVIDUTOPIE

Cher ami,

Nous sommes en 2084 et la célèbre citation de Margaret Thatcher est devenue réalité : la société n'existe plus. Personne ne se parle. Personne ne se regarde. Les gens ne collaborent plus, ils rivalisent.

Je déteste le reconnaître, mais les conséquences ont été tragiques. Incapable de satisfaire ses besoins sociaux, la population a sombré dans un gouffre de dépression et d'anxiété. Le suicide est devenu la norme.

Tout cela vous paraît assez morbide, n'est-ce pas ? Mais je vous en prie, ne désespérez pas. Il y a de l'espoir, et celui-ci porte le nom de notre héroïne : Renée Ann Blanca. Souhaitant combler le vide affectif dans sa vie, notre Renée va faire l'impensable : se mettre en quête de compagnie humaine ! C'est un acte radical et un défi de taille. Mais c'est, j'imagine, pourquoi son histoire vaut la peine d'être narrée. Elle est aussi captivante que touchante, et je pense que vous allez l'adorer...

Votre fidèle narrateur,

PP

Printed in France by Amazon
Brétigny-sur-Orge, FR

21036441R00100